사막에 핀 산수유

고난의 시대를 살아온 모두에게 산수유 꽃 한 다발을 보낸다

사막에 핀 산수유

송경숙 지음

쉼판스북

사막에 핀 산수유

1쇄 발행 2024년 5월 13일

지은이 : 송경숙
펴낸이 : 김영경
펴낸 곳 : 쏠딴스북
출판등록 : 제2021-000088호(2021년 6월 22일)
주소 : 경기도 파주시 탄현면 헤이리마을길 82-91 B동 202호
이메일 : fuha22@naver.com
ISBN : 979-11-94047-00-1 03810

고난의 시대를 살아온 모두에게
산수유 꽃 한 다발을 보낸다

📚 들어가며

이제 팔십을 코앞에 두고 보니 생각이 많이 달라지는 것 같습니다. 젊은 시절과는 달리 세상이 무척 고마워집니다. 풀숲에 피어나는 자그마한 들꽃 하나, 세상 누군가의 시름을 담고 흘러가는 구름 한쪽이 그냥 그냥 고맙습니다. 엄마의 손을 꼭 잡고 앙증맞게 걸어가는 꼬마의 뒷모습, 저녁 그림자 내릴 무렵 어디선가 흘러나오는 귀에 익은 멜로디. 별게 다 고맙고 감격스럽습니다. 내가 나로만 존재하는 게 아니고, 이 우주의 모든 생명과 하나로 이어져 있는 듯한 느낌도 듭니다. 먼먼 어느 마을의 익명의 그 누구에게라도 감사의 미소를 보내고 싶어집니다.

그러니 피를 나눈 육친과 내 인생길의 꽃향기 같은 벗들과, 배움을 나눈 제자들에 대한 감사와 사랑의 마음은 오죽하겠어요. 나의 글들은 어쩌면 그들에 대한 사랑의 고백이 아닐는지요.

내게는 다른 이들이 갖지 못한 아주 아주 특별한 사랑이 있습니다. 그것은 바로 내가 공부한 아랍 세계, 특히 팔레스타인 땅과 팔레스타인 사람들에 대한 사랑입니다. 그들은 조상 대대로 살아오던 땅에서, 집에서 쫓겨나 제 땅에서 난민이 되거나, 세계를 떠도는 유랑의 무리가 되었지요. 지금도 진행 중인 가자 지구에 대한 이스라엘의 공격을 보면서 몹시 마음이 아픕니다. 나는 어떤 힘이 이토록 강력하게 아랍 팔레스타인에 나를 묶어 놓고 있는지 알 수 없습니다. 그럴 리야 없겠지만, 만약에 전생이 있다면 나는 팔레스타인 땅 나블루스의 어느 시장 골목에서 딸기를 팔던 처녀가 아니었을까요. 아랍 사람들과 팔레스타인에 대한 나의 오랜 연민과 사랑과 응원의 마음을 이 책에 담았습니다.

어렵지 않은 시대가 언제 있기나 했을까만, 나름 어려운 시대를 살아온 누추한 나의 삶과 그 가운데 어렵게 어렵게 쌓아 올린 내 학문의 이야기들을 나누고 싶었습니다. 제 글들은 멋있거나 아름답거나 대단하지 않습니다. 저 자신이 멋있거나 아름답거나 대단하지 않으니까요. 그저 나인 채로 나를 썼을 뿐입니다. 투박한 글들을 읽어줄 독자에게 고마움을 전합니다.

차례 📚

머리말

step1 _ 사막에서 길을 묻다

step2 _ 산수유나무집 아이

step3 _ 다시 봄으로

step 1

사막에서 길을 묻다

나와 팔레스타인 문학

1967년 6월! 6일전쟁이 끝나가던 무렵이었다. 그 당시 나는, 한국에서는 전혀 새로운 외국어인 아랍어를 이렇다 할 교수도, 제대로 된 책도 없이, 한강에서 모래알 한 줌씩을 퍼 담듯 힘들게 공부하고 있었다. 어느 날 학교 앞 가판대에 세워놓은 타임지의 겉표지에서 전쟁의 비극에 노출된 팔레스타인 어린아이들의 초롱한 눈망울을 보았다. 그 순간 내가 다섯 살 때 겪었던 한국전쟁의 참상과 제 3차 중동전을 겪고 있는 팔레스타인의 이 아이들이 하나로 오버랩되고 있었다. 내가 팔레스타인 사람들과 처음 만나는 순간이었다.

당시에는 아랍어를 가르칠 교수 요원이 거의 없었기 때

문에, 나는 대학을 졸업하고 대학원에 진학하면서, 부족하기 짝이 없는 아랍어 실력으로 교단에 설 수밖에 없었다. 그러다가 1980년 서른하고도 다섯의 나이에 요르단 대학교로 늦깎이 유학을 떠났다. 요르단의 수도 암만에서 내가 제일 먼저 한 일은 팔레스타인 난민촌을 찾는 일이었다. 그곳에 도착한 지 얼마 안 된 어느 가을날 나는 암만 근처에 있는 '바까아'라는 난민촌을 찾아갔다. 마치 무슨 관광지라도 찾듯 카메라를 메고서 말이다.

흙벽돌로 지은 허술한 집들이 다닥다닥 붙어 있는 난민촌은 그때만 해도 하수도 시설이 제대로 안 되어 있어서 오물들이 그대로 길바닥에 흐르고 있었다. 난민촌 여기저기를 기웃거리고 있는데, 갑자기 몇 명의 젊은이들이 성난 얼굴로 다가왔다. 그들은 "팔레스타인 난민촌이 입장권을 사 들고 방문하는 사람을 기다리는 무슨 동물원인 줄 아느냐"며 내가 메고 있던 카메라를 빼앗아 던지려고까지 했다. 아랍어로 의사소통을 할 수 없었다면 아마 큰 봉변을 당했을지도 모를 일이었다. 그들은 나를 난민촌을 취재하러 온 기자로 안 모양이었다.

혹시 팔레스타인 분쟁에 대한 이해가 별로 없었던 분을 위해서, 팔레스타인 분쟁의 본질을 잠깐 이야기했으면 한다. 팔레스타인이라고 하는 땅 하나를 가지고 팔레스타인과 유대, 이 두 민족이 땅의 소유권을 주장하는 것이 이 분쟁의 본질이다. 더구나 이 땅은 세계 3대 종교의 성지인 예루살렘을 포함하고 있지 않은가! 유대인들에게는 "이 땅은 옛날에 우리가 살았던 땅"이고, 아랍 팔레스타인 사람들에게는 "지금까지 우리가 살아오고 있는 땅"이다. 제1차 세계대전 후 영국이 팔레스타인에 대한 위임통치를 시작했을 당시 전체 주민의 수는 75만 명, 그중 68만 명이 아랍 팔레스타인 사람이었다고 한다. 그러나 시온이스트들로부터 막대한 전쟁 자금을 지원받기 위하여, 이 땅에 유대인들을 위한 민족적 향토(national home)를 건설해주기로, 영국은 1917년에 이미 밀약을 해 놓은 상태였다.

1948년에 팔레스타인 땅에 이스라엘이 건국되고, 이에 따른 제1차 중동전에서 아랍 측이 패전하자, 약간의 농촌 주민을 제외한 대부분의 팔레스타인 사람들은 향토에서 쫓겨나 요르단이나 이집트 등 인근 아랍국들이나 아니면 저 멀리 남미까지를 떠도는, 나라 없는 백성, 즉 난민이 되었다. 게다가 30년도 채 안 되어 다시 제3차 중동전인 6일전쟁을 겪으며, 이들은 그나마 어렵게 뿌리를 내려가던 삶의 근거지를 또다시 상실할 수밖에 없었다. 벌써 몇십 년을 세계 언론이 마치 동물원의 원숭이들처럼 그들을 취재해 갔어도 향토로부터 점점 멀어져만 가고 있는 현실에 그들은 너무도 분노하고 있었다.

그날 이후, 나는 여러 차례 요르단에 흩어져 있는 팔레스타인 난민촌을 찾았고, 그들의 친구가 될 수 있었다. 그들은, 지금은 이스라엘 땅이 된, 고향에 두고 온 집과 땅문서들을 달빛에 비춰보며, 희미한 귀향의 꿈에 의지해 비참한 나날을 살아가고 있었다. 나는 그들의 삶을 가까이에서 접하면서 이런 의문들을 갖게 되었다. 이들 팔레스타인 난민들에게도 문학이 있는 것일까? 이들에게 문학이 있다면, 이들의 문학도 T.S. 엘리엇이 말하는 '놀이, 고급의 놀이'일 수가 있을까? 이들의 역사적 · 민족적 질곡이 문학에서는 어떠한 양상으로 나타날까? 이러한 의문들은 자연히 나를 팔레스타인의 대표적 산문 작가인 갓산 카나파니(1936-1972)에게로 이끌었다.

"1948년부터 1967년까지의 기간 동안 팔레스타인의 소설적 시도는 《태양 속의 남자들》(1963)과 《당신들에게 남은 것》(1966)의 작가인 갓산 카나파니의 한 사람에 의해 이룩되었고, 《태양속의 남자들》은 정당한 현실 인식과 탁월한 예술성이 조화된 팔레스타인의 첫 소설적 성과이며, 《태양 속의 남자들》에 의해서 팔레스타인 소설은 '웅변'의 시대에서 '창작'의 시대로의 전환점을 이룩했다"라는 평론가 파룩의 말대로 갓산 카나파니는 팔레스타인 사람이 던져져 있는 상황에 대한 집요한 관심과 새로운 소설 기법에 대한 부단한 탐구, 절제된 시적 언어 등을 통하여 팔레스타인 소설사에 큰 획을 그은 작가다.

나는 그의 고향인 팔레스타인의 악카(Acre)를 찾아 그의 유년기를 그려보기도 하고, 그가 이스라엘 정보당국에 의해 암살당한 7월 8일 날 밤에는 홀로 촛불을 밝혀 인간으로서, 작가로서, 민족해방투사로서의 갓산 카나파니를 기리며, 거의 10년 동안을 갓산 카나파니의 문학세계에 대한 탐구에 몰입했다. 팔레스타인 민족 해방 투쟁과, 이 작가의 작품세계가 변모해가는 과정 그리고 작가 자신의 삶의 궤적이 서로 어떻게 합치되고 있는가 하는 상동성을 밝혀, 1992년 드디어 〈갓산 카나파니연구-팔레스타인 민족해방운동의 문학적 반영〉이라는 박사학위 논문을 완성했다. 이 논문은 아랍 문학에 관한 한국 최초의 박사학위 논문이 되었다. 갓산 카나파니를 공부하게 된 것은 내게는 너무나 큰 행운이었다. 그의 작품을 통하여 나는 많은 사람들이 지레 짐작하듯 팔레스타인 문학이 '구호'가 아니고 수준 높은 '예술'임을 알았고, 팔레스타인 사람들에 대한 사랑을 키워 갈 수가 있었다.

1987년에 자료수집을 하기 위해 반년 동안 이집트 카이로에 체류할 때 일이다. 나는 매달 열리는 카이로 팔레스타인 부인회 모임에 참여했다. 오랫동안 PLO를 이끌었던 야시르 아라파트 의장의 누님-동생과 완전 붕어빵인-이 모임의 주축이 되고 있었다. 이들은 이스라엘 탱크에 돌팔매로 맞서는 소년들의 영상을 함께 보기도 하고, 대 이스라엘 저항의 강력한 무기가 되는 짧은 노래시들을 목청껏 함께 읊기도 하며, 가자 지구와 요르단 서안에서 벌어지는 민족투쟁에 힘을 보태곤 했다.

그들의 문학적 영웅인 갓산 카나파니를 연구하며, 팔레스타인 부인회까지 참여하는 내가 그들 눈에는 참 신기한 모양이다. 자유토론 시간에 질문들이 쏟아졌고 나는 이렇게 답했다.

"저는 오늘 여러분의 모습에서 일제강점기에 조국 해방을 위해 헌신했던 한국의 어머니들을 봅니다. 그들도 여러분처럼 조국 해방을 위해 눈물로 기도했겠지요. 저는 어떤 힘이 이토록 강렬하게 저를 팔레스타인 땅과 팔레스타인 사람들에게 묶어 놓는지 알 수 없습니다. 만약 전생이라는 게 있다면 전생에 저는 팔레스타인의 여인이었던 같습니다."

박수가 쏟아지고 달려 나와 포옹하는 할머니도 있었다. 이렇게 나는 팔레스타인의 알짜배기 친구가 되었다.

갓산 카나파니에 관한 연구를 끝낸 후 내가 공부한 주요 팔레스타인 문인으로는 시인 마흐무드 다르위시(1941-2008)와 여성 소설가 사하르 칼리파(1941-)를 들수 있다. 팔레스타인 문인 중에는 가장 큰 세계적 명성을 얻었고 노벨문학상 후보로도 계속 거론되어 왔던 마흐무드 다르위시의 온 생애에 걸친 작품들의 통일된 주제는, 향토를 상실하고 디아스포라에 던져진 팔레스타인 사람들의 질곡과 이에 따른 민족적 저항이라고 할 수 있다. 초기에는 시인 자신의 경험을 소재로, 이행기에는 팔레스타인 민족공동체의 집단적 기억을 통해서, 성숙기에는 탈시간화와 탈공간화를 바탕으로, 고통받는 모든 인간의 보편적인 상황으로서 팔레스타인을 메타포 함으로써 그는 독보적인 예술성을 갖춘 민족시에서 한 걸음 더 나아가 유토피아를 찾아 유랑하는 모든 인류의 노래로 자신의 시를 승화시켰다.

아랍·이슬람 문화, 히브리 문화, 서양문화를 흡수하고 그것들을 인류의 그것으로 융화시키면서 낭만주의로부터 모더니즘, 포스트 모더니즘까지 광범위한 스펙트럼을 가진, 거의 50년에 걸친 다르위시의 시 세계는 팔레스타인 디아스포라의 목소리이며 동시에 이 시인의 존재 양식이 되어버린, 유랑 속에 찢겨진 보편적 한 인간의 영혼의 울림이라고 생각된다. T.S. 엘리엇은 한 작가나 시인의 전 작품의 통일성의 유무를 일류 작가와 이류 작가로 나누는 잣대의 하나로 삼았는데, 생애의 전 작품이 지닌 중요한 통일성이라는 점에 있어서도 다르위시는 분명 우리 시대 일류 시인의 한 사람일 것이다.

그동안 나는 요르단에 갈 때마다 시인을 방문해서 친분을 쌓았지만, 2007년 전주에서 열렸던 '아시아·아프리카 문학축전'에서 아랍어와 아랍 시의 아름다움을 유감없이 보여주던 시인의 모습을 잊을 수 없다. 대회를 앞두고 내가 급하게 번역 출간한 그의 시선 《팔레스타인에서 온 연인》의 출판기념회에서 고은 시인 등 한국 시인들과의 의미 있는 만남을 통해 그는 한국 문단에 잊지 못할 추억을 선물했는데, 안타깝게도 그 후 몇 달 뒤에 고인이 되고 말았다. 지병이 있었기는 했지만 그의 갑작스러운 타계는 독자요 연구자요 친구인 내게는 너무도 큰 상실이었다. 얼마 후 현지에서 보내온 그의 장례식 영상은 그가 받은 어마어마한 사랑의 크기를 보여주었고, 내게는 작은 위안이 되었다.

사하르 칼리파는 팔레스타인 여성 문학을 대표하는 작가가 아니라 명실공히 팔레스타인 산문문학을 대표하는 거장이며, "팔레스타인 문학의 버지니아 울프" 혹은 "아랍 문학을 대표하는 목소리"라는 찬사를 받는 작가다. 작가이자 여성 운동가인 사하르 칼리파의 작품세계는 페미니즘과 탈식민주의의 두 축으로 요약될 수 있다. 이스라엘 점령하에서 팔레스타인 사람으로서 받는 억압과, 이슬람 사회의 희생자이자 제물인 팔레스타인 사회의 여성들의 출구 없는 삶이 사하르 칼리파의 문학세계를 구성한다. 그녀의 문학적 성공은 《가시 선인장》(1976)과 《해바라기》(1980)로부터 시작되는데, 《가시 선인장》이 민족해방이라는 탈식민적 주제에 무게를 두고 있다면, 《해바라기》는 여성해방이라는 페미니즘적 주제가 중심을 이룬다. 이 두 소설은 각기 독립된 작품으로도 읽혀질 수 있으나 작가 자신이 작품 말미에서 두 작품이 연작 소설임을 분명히 밝히고 있다. 이는 대부분의 팔레스타인 민족 문학 작가들의 시각처럼 민족해방이 우선이고 여성해방은 그 뒤에 와도 좋은 부차적인 문제가 아니라 민족해방과 여성해방은 동시에 추구되어야만 할 민족적 역사적 명제임을 천명하는 작가 의식이 그대로 표출된 것으로 보인다.

주제 못지않게 페미니즘의 관점에서 우리가 주목해야 할 점은 그녀의 소설 문체다. 그녀는 지금까지 아랍 문학의 보편적 도구가 되어 온 문어체 표준 아랍어만을 고집하지 않고, 기본적으로 여성의 언어라고 할 수 있는 방언과 속어를 소설 언어로 사용함으로써 문학 언어의 새로운 지평을 열었다. 이로 인하여 비난을 받기도 하고 출판의 어려움을 겪기도 했지만, 아랍 이슬람 사회에서 여성의 억압자인 남성적 언어, 형식화되고 가부장적인 언어, 메트로폴리탄이 된 언어인 문어체 표준 아랍어에 대한 대응으로 일상의 구어체 언어나 속어를 소설 언어화하는 데 성공함으로써 '통합적이고 조화로운 소설적 문체'를 구축한 것이다. 소설이야말로 역사가 쓰지 못하는 역사가 아니겠는가! 사하르 칼리파의 소설은 이스라엘의 점령과 가부장적 이슬람 사회의 억압이라는 다중의 굴레 속에 던져진 팔레스타인 여성의 역사, 바로 그것이 아닐 수 없다.

나는 2006년에 《가시 선인장》을, 2009년에는 《유산》 (1997)을 우리말로 번역하여 출간했다. 《유산》은 오슬로 협정 이후, 민족해방이라는 목표는 신기루가 되어버리고 혁명의 희망마저 상실한 채 분열을 일삼는 타락하고 무능한 지도부 아래에서 신음하는 팔레스타인의 현실에 대한 반영이라고 할 수 있다. 《유산》은 혁명 과정에서의 지도자의 패배, 가정에서 겪는 아버지의 패배, 조상의 땅에서 당하는 자손의 패배 등 모든 측면에서 온갖 종류의 패배를 겪어야 했던 한 민족의 이야기다. 나는 이 작가의 작품을 출판할 때마다 작가를 한국에 초청해서 심포지엄을 열었고, 이 작가의 작품을 분석한 여러 편의 논문을 발표하며, 일본 중동학회를 통해서 이 작가를 일본에 소개하기도 했다. 이런 과정을 통해서 우리 사이에는 자매와 같은 끈끈한 연대감이 생겨났고, "팔레스타인 언니", "한국 동생"이 우리의 호칭이 되었다. 2018년에는 사하르 칼리파가 제2회 '이호철 통일로 문학상'을 수상하는 기적 같은 일이 일어났다. 나의 번역이 없었다면? 벅찬 감격과 보람을 느꼈다. 최근에는 팔레스타인 문제가 세계적인 이슈가 되지 못하고 있기에 서방세계에서 누렸던 사하르 칼리파 작품의 인기도 예전만 못하다고 한다. 이런 형편에 거금 1억 원의 상금이라니! 내 자신이 팔레스타인 난민촌 어린이들에게 점심이라도 한 끼 대접한 듯 마음이 뿌듯했다.

끝으로 나는 팔레스타인 문학이 좀더 재미있고 즐거운 문학이 되기를 소망한다. 그러기 위해서는 먼저 그들의 삶이 즐겁고 재미있어야만 할 것이다. 나는 그 먼 길을 그들과 함께 갈 것이다. 문학의 힘을 믿기 때문이다.

3과 1/3일을 아시나요

정말 이상하다. 아파트 이름 말이다. 왜 이렇게 한국의 아파트 이름이 복잡하고 어려울까? 외국어 일색이다. 때로는 어느 나라 말인지 출처가 모호한 경우도 많다. 나름 꽤 여러 외국어를 공부한 나에게도 아파트 이름들이 이렇게 어려우니, 외국어를 별로 접해보지 않은 어르신에게는 오죽이나 낯설고 어렵게 느껴질까?

우리나라 아파트 이름이 이렇게 길고도 어려운 건 다 까닭이 있다고 한다. 시어머니들이 찾아오기 어렵게 하려고 아파트 이름들을 이렇게 부르기 힘들고 기억하기 어렵게 작명했다는 항간의 우스갯소리가 있다. 그런데 최근에 들어와 아파트 이름이 발음하기 쉽고 기억하기 쉽게 우리말로 간편해지는 추세라고 한다. 정말 그런지는 잘 모르겠지만, 반가운 마음에 그 까닭을 알아보았다. 아파트 이름이 너무 어려워서 시어머니들이 혼자 찾아오는 게 힘들어서 시누이까지 대동하고 오시는 경우가 늘어나니, 불가불 아파트 이름을 쉬운 우리말로 붙일 수밖에 없다는 설명이다. 물론 웃자고 하는 이야기지만 이런 우스갯소리들이 한결같이 세태를 품고 있다는 점에서 나오던 웃음이 저절로 멈추게 된다. 여기서 떠오르는 아랍어가 하나 있다. 바로 '3과 1/3일'이라는 말이다.

요르단대학교에서 공부하던 중에 이스라엘을 방문했던 1981년의 일이다. 이스라엘의 관광 안내 책자에는 누구든 원하는 사람은 집단농장인 키부츠(kibbutz)를 방문하여 일을 거들며 며칠간 체류하는 게 가능하다고 되어 있었다. 우리는 나사렛 근처의 한 키부츠를 찾아갔다. 목화 농장이었다. 그런데 우리를 농장 안으로 들이지도 않고, 게스트하우스가 없어서 우리를 받을 수 없다는 핑계를 대며 문전박대를 하는 것이 아닌가! 아마도 당시에 중동에서 문제를 일으키던 일본의 적군파와 우리의 용모가 비슷

해서 그런 것 같았다. 달리 이유가 없지 않은가.

다시 큰 거리로 얼마를 걸어 나와 택시를 잡으려 했지만 택시 같은 건 전혀 눈에 띄지도 않았다. 마침 금요일 오후였다. 이스라엘에서는 주말에 대중교통 이용이 쉽지 않았다. 금요일에는 무슬림들이, 토요일에는 유대교 신자들이 일요일에는 기독교인들이 일을 하지 않고 쉬기 때문인 것 같았다. 계속 손을 흔들며 지나가는 차마다 간절히 도움을 청했지만 구원의 손길은 쉽게 오지 않았다. 허허벌판에서 해는 뉘엿뉘엿 서산에 져 가는데 차는 잡히지 않으니 참으로 난감하기 짝이 없었다. 슬슬 두려움이 엄습해 오기 시작할 무렵 마침내 허름한 밴 한 대가 우리 앞에 멈춰 섰다. 아! 살았다!

선한 인상을 지닌 (실제로 그의 이름은 선한 사람이라는 뜻을 가진 '쌀리흐'였다) 중년의 남자가 밴을 운전하고 있었다. 유대인인지 아니면 아랍 팔레스타인사람인지 한눈에 구별하는 게 쉽지 않았다. 그가 혹시 유대인이라면 우리가 아랍어를 하면 덜 좋을 것 같아서, 튀어나오려는 아랍어를 간신히 참아가며 영어로만 그와의 대화를 이어갔다. 그러던 중에 나도 모르게 내 입에서 아랍어가 튀어나왔다. "어! 아랍어 해요?!" 그는 아랍 팔레스타인 사람이었던 거다. 우리 두 사람이 이집트와 요르단에서 아랍어를 공부하고 있다고 하자 순식간에 그는 우리의 친구가 되어버렸다. 나사렛의 호텔을 찾아가겠다는 우리를 굳이 자기 집으로 데리고 가겠단다. 아랍 사람들이 너무나 립서비스에 능해서 아랍인들의 특징의 하나로 '칼람 바쓰'(말뿐)라는 말이 있을 정도여서, 우리는 사실 그의 말을 믿지는 않았다. 그런데 이게 웬일인가! 그가 나사렛으로 빠지는 인터체인지를 그대로 통과할 때, 우리는 그가 우리를 정말로 자기 집으로 데려간다는 걸 알아차렸다.

쌀리흐의 가족은 우리를 이산가족처럼 반갑게 맞아주었다. 갑자기 닭을 잡아 부산하게 음식 장만을 하면서 여행 중에 밀린 빨랫감을 내놓으란다. 사실 그의 집은 무척이나 초라했다. 아버지는 1948년 제1차 중동전 때에 돌아가셨고, 노모와 노처녀인 여동생, 노총각인 남동생, 아내와 세 아들의 대식구가 유대인 소유 공장의 운전사로 일하는 가장인 쌀리흐의 수입으로 근근이 살아가는 듯했다.

다음날 아침에 다시 여행길에 오르려는 우리를 보자 가족들이 모두 펄쩍 뛰면서 "아랍어를 배운다면서 '3과 1/3일'도 모르느냐?"며 우리의 여행 가방을 빼앗아 감추기까지 하는 게 아닌가! 집 근처에서 미용실을 운영한다는 노처녀 여동생의 만류는 정말 눈물겨웠다. 그 자리에서 굵은 털실로 우리 아들의 스웨터를 짜기 시작하며 이 스웨터가 완성되기 전에는 못 보낸다고 했다.

'3과 1/3일'은 아랍 유목민의 장막에 손님이 찾아오면 적어도 3일 동안은 한 식구처럼 지내고 적어도 나흘째 되는 날 아침밥은 먹여서 보내야 한다는, 아랍 이슬람 사회의 손님을 환대하는 전통에서 나온 말이란다. 옛날에 아랍인들이 각 부족으로 나뉘어 유목 생활을 하던 시대에 생겨난 전통이 현대에서도 그대로 계승되고 있다는 게 참으로 놀라웠다. 하기야 손님에 대한 환대야말로 아랍 이슬람 사회의 최대의 덕목이며 "손님이 오지 않는 집에는 천사도 오지 않는다"는 아랍 속담도 있지 않은가!

쌀리흐는 왜 우리가 사흘도 묵지 않고 그렇게 급하게 떠나려고 하는지 캐물었다. 팔레스타인 시인들과 작가들을 만나기 위해서 이스라엘을 찾아온 것이라고 하자, 자기가 도와주겠다며 자기 집에서 지내면서 만나고 싶은 사람들을 만나면 된다고 했다. 마침 팔레스타인 저항 시인들이 농촌 마을을 돌며 팔레스타인 젊은이들에게 민족해방 의식을 고취하는 프로그램이 있다며 그날 밤 나를 그 모임으로 데려가 주었다. 거기서 나는 당시 팔레스타인 저항 시인으로 제3세계에서 크게 인정을 받고 있던, 대시인 싸미흐 알까씸을 만나는 행운을 누렸다. 조상 대대로 살아오던 자기네 땅에서 소수민족으로 전락하여, 이스라엘의 2등 시민으로 살아가고 있는 아랍 팔레스타인 사람들이 민족적 정체성을 잃지 않으려고 몸부림치는 모습도 볼 수 있었다.

다음날 저녁에는 마을의 장로 격인 댁에서 우리를 식사에 초대했다. 이 마을이 생긴 이래 동양에서 손님이 온 것이 처음이라며 아랍어가 통하는 걸 그렇게 기뻐할 수가 없었다. 사흘째 되는 날은 근처 마을인 까나 혼인 잔치에 참석해서 잊지 못할 추억을 남기고, 어느새 완성된 우리 아들이 입을 스웨터까지 가지고 쌀리흐네 가족과 작별했다. 그로부터 15년 후에 다시 이 가족을 만났을 때의 기쁨이라니!

　다시 우리나라 아파트 이야기로 돌아가본다. 아파트라는 게 가족이 아닌 다른 사람들과 함께하기에는 구조적으로 불편한 점이 많다는 점은 인정한다. 아무리 그렇더라도 시어머니 등 '시'자 붙은 사람이 오는 게 그렇게도 싫을까? 시어머니가 김치를 담아서 아들네 갖다 주려고 해도 시어머니가 집에 오는 걸 좋아하지 않는 며느리 때문에 아파트 관리실에 맡기고 와야만 된다는 항간의 이야기를 들으며, 나는 혼자서 '3과 1/3일'을 되뇌어본다. 도무지 사람이 사람을 반기지 않는 참으로 쓸쓸한 현실이다.

까나 혼인 잔치

아랍인 가정을 방문해 보면 살림이 넉넉지 않아도 손님
용 이부자리는 정결하게 준비해놓고 있는 것을 볼 수 있
는데, 쌀리흐네 집도 마찬가지였다. 선반에 가지런히 쌓
아놓은 알록달록한 침구를 손으로 가리키며 며칠이라도
더 있다가 가라고 야단이다. 쌀리흐네 가족들은 우리를
자기네 집에 더 머물게 하려고 온갖 아이디어를 짜내는
것처럼 보였다. "내일 인근 마을에서 아랍 전통 결혼식이
있답니다. 우리 아들 쌀리흐가 전쟁 전에 아랍 전통 결혼
식을 올린 후 지금까지 전통 결혼식은 구경도 못 했지요.
비용이 많이 들고 번거로우니 좀처럼 하기 어려워요, 이
걸 안 보고 떠나면 50년은 후회할걸요! 아주 가까운 까나

마을이에요." 어머니의 농담어린 말씀이다.

까나(Qaːnaː)?! 까나라고?! 귀가 번쩍한다. 까나가 어디인가! 예수님의 열두 제자 가운데 한 사람으로, 예수께 '간사한 것이 없는 참 이스라엘 사람' 이라는 칭찬을 들었던 나다니엘의 고향. 예수님이 헤롯 왕의 신하의 아들의 병을 고치신 곳. 아니 그 무엇보다 물을 포도주로 만든 첫 이적을 베푸신 곳이 아닌가! 이런 횡재가 있나! 두 말할 것도 없이 오케이다!

오후 늦게야 회사에서 돌아온 쌀리흐는 서둘러 우리를 태우고 까나 마을로 향했다. 신랑 신부는 보이지 않았다. 확성기에서는 흥겨운 음악이 흘러넘치고 온 동네 아낙네와 아이들이 모두 모인 듯했다. 신랑 집 마당에 어마어마하게 큰 가마솥 두 개를 걸어 놓고, 만쌉을 해내고 있었다. 양고기를 푹 삶아서 고기와 국물에 불린 쌀을 안치고, 쌀 위에는 온갖 견과류를 듬뿍 얹은 그야말로 영양 만점인 잔치 음식이다. 구수한 냄새가 온 동네에 진동한다. 귀한 손님이라고 양고기의 맛있는 부분들을 골라 먹음직스럽게 담아 준다. 먹기도 전에 배가 부르다. 동네

남정네들은 큰 원을 그리며 다브카 춤을 추고 있다. 잔치에 다브카가 빠질 수는 없다. 마이크를 빼앗아, 이 결혼을 축하하기 위해 특별히 한국 정부가 파견한 축하단이라고 너스레를 떨며 함께 다브카의 큰 원 안으로 빠져든다. 춤을 춘다기보다는 그들의 발동작을 따라 하며 흥을 함께하는 정도다.

마이크를 들고 사회를 보며 축제를 이끌어 가는 사람은 시인이다. 역사적으로 아랍 사회에서는 '시인'은 '지식인'이라는 말에 다름아니었고, 지역 사회의 대소사를 이끌어 가는 사람도 이들 시인이었다. 팔레스타인의 시인들은 이런 자리에서 이스라엘에 저항하는 노래시를 읊고, 쉽게 기억되는 이 노래시는 다음날 민족적 저항의 무기가 된다. 시의 무기화라는 말이 아랍 팔레스타인 사회에서만큼 절실한 곳도 없으리라. 까나의 다브카 춤판에서도 "나, 나의 피는 팔레스타인 사람!"이 몇 번이고 울려 퍼졌다.

떡 본 김에 제사 지낸다고, 까나 결혼식 이야기를 하는 김에 아랍 이슬람 사회의 결혼에 대해 몇마디 하고 싶다.

아랍 이슬람 사회에서 결혼은 신자의 신성한 의무로 인식된다. 이슬람의 경전인 꾸란에 "너희들 가운데 독신자는 결혼할지어다"라는 구절이 있고, 제2의 경전인 무함마드의 언행록에도 "결혼한 남성은 종교적 의무의 절반을 이행한 것이다"라고 가르치고 있기 때문이다. 전통을 무엇보다 중시하는 아랍 무슬림들은 오늘날까지도 자신들의 혼례의 전통을 그대로 이어가고 있다.

이들의 결혼에는 우리와는 사뭇 다른 몇 가지 특징이 있다. 그 첫째가 숙부의 딸을 아내로 맞는 근친혼이다. 오랜 세기 동안 '삼촌의 딸'이라는 말이 '아내'라는 단어를 대신해왔기 때문에, 아랍어에서 '아내'라는 단어의 역사가 그리 길지 않다는 말을 아랍 학자에게서 들은 적이 있다. 신랑감이 사촌 누이동생과 결혼할 의사가 없음을 공식적으로 밝히기 전에 다른 남자가 사촌 누이에게 청혼한다면 이는 그의 명예에 대한 명백한 도전으로 복수를 불러오게 된다.

이집트, 페르시아 등 고대 중동에서는 근친혼이 특권 지배층의 관습이었다. 순수한 혈통을 보존하고 자신들의 재산을 지키며 지배권을 강화하기에 유리했기 때문이다. 이러한 관습이 7세기 이슬람의 출현과 더불어 일반 평민들에게까지 만연하게 된 이유는 이슬람이 여성의 상속권을 인정했기 때문이라고 한다. 여성이 상속한 재산이 다른 가문이나 다른 씨족으로 넘어가는 것을 방지하고, 공동체의 재산을 지키기 위해서는 근친혼, 특히 부계 쪽의 근친혼이 유리했을 것이다. 이러한 이유로 오늘날까지도 농촌에서는 근친혼이 많은 것으로 알려져 있다.

다음으로는 혼전에 결혼계약서를 작성한다는 점이다. 이슬람의 율법인 샤리아에는 "결혼은 (바로) 계약이다"라고 명시되어 있다. 결혼계약서는 신랑과 신부의 아버지(아버지가 계시지 않는 경우에는 신부의 가장 가까운 혈족의 남자) 사이에 체결되고, 반드시 남자 2인 혹은 남자 1인과 여성 2인의 증인이 있어야 한다. 결혼계약서의 내용은 신랑 신부 두 사람이 결혼에 동의한다는 사실과 이혼 시의 위자료 등 신부의 결혼생활과 관련된 여러 조건이 명시되는데, 이는 여성의 권리를 보호하려는 한 방편으로 생각된다. 결혼계약서에서 가장 중요한 것이 신부대금이라고 할 수 있는 마흐르(mahr)다. 마흐르는 혼례 전에 일시불로 지불되기도 하고, 혼례 전에 일부를 받고 이혼이나 남편 사망 시에 나머지를 받는 등 계약 조건에 따라서 실행된다. 마흐르는 신부의 아버지에게 지불되지만 전적으로 신부에게 소유권이 있다. 신부의 아버지가 마흐르를 가지고 가구나 의류 등 혼례품을 장만하기도 한다. 결혼계약서에 서명이 끝나고 마흐르가 지불되고 나서야 혼례식 날짜를 잡고 며칠 동안 계속되는 동네잔치가 벌어지는 것이다.

신부대금을 지불하는 풍습은 이슬람이 출현하기 이전의 고대 아랍 사회의 관습으로부터 유래한다고 한다. 유교가 들어오기 전에 이 땅의 여성들이 그랬던 것처럼 고대 아랍 사회에서는 여성들이 상당한 사회적 지위와 자유를 누렸던 것 같다. 당시의 아랍 여성들은 결혼생활에 있어서 주도권을 가졌고 신랑이 신부의 천막으로 들어가 사는 경우도 많았다고 한다. 아마도 상당한 재력이 있지 않으면 신부를 신랑의 집으로 데려가기가 쉽지 않았을 것이다. 신부가 신랑 집으로 들어간다는 것은 신부 측의 씨족이나 마을공동체 측으로 보면 생산을 위한 인적 자원을 상실하는 손실이 아닐 수 없었을 것이다. 이러한 손실을 위로하고 보상하는 차원에서 신부대금 제도가 자리를 잡게 되었고, 신부대금 제도는 이혼율을 줄이는 사회적 기능도 한다고 한다.

일부 서양 학자는 마흐르가 신부의 아버지가 돈을 받고 사위에게 딸을 파는 것이라고 주장하기도 하는데, 이는 올바른 이해가 아니라고 본다. 어떤 제도를 낳은 그 사회의 여러 정황과 여건에 대한 이해 없이, 피상적 안목이나 문화적 우월감을 가지고 타문화를 쉽게 판단해서는 안 된다는 게 나의 지론이다.

내가 이렇게 아랍의 결혼제도에 대해서 장황하게 이야기하는 것은 실상은 혼례에 관련하여 한국의 현실에 크게 한마디 하고 싶기 때문이다. 신부 측의 지나친 혼수 장만에 대하여 나는 불만이 많다. 혼수가 문제가 되어 결혼 자체가 깨지는 경우도 있다고 들었다. 낳아주고 길러주고 애써 가르쳐서 시댁으로 딸을 보내면서 거기다 바리바리 혼수 감까지 얹어 보내야 한다니, 내 상식으로는 도무지 말이 안 되는 일이다. 나 자신의 혼례뿐만 아니라 내 두 아들의 경우에도 나는 내 소신을 지켰다. 귀한 따님을 우리 집 며느리로 보내주는 것만도 고맙기 그지없는 일이고, 금지옥엽 키운 딸을 여위는 섭섭함이 오죽 크겠는가! 거기다가 과중한 혼수 준비라니! 미친 사람 취급을 당할 게 뻔하지만 나는 아랍의 마흐르 제도를 도입하자고 주장하고 싶다. 어쨌든 과도한 혼수 준비라는 악습은 이 땅에서 어서 빨리 사라져야 하겠다. 사랑과 신뢰만 있다면 단칸 셋방인들 어떠랴! 두 사람이 힘을 모아 하나하나 마련해가며 일궈가는 삶이 더 보람차지 않을까. 젊은이들이여, 용기를 내시라!

바그다드 이야기

시인들과 대추야자의 나라

연구년을 맞아 요르단대학교에서 지내던 1997년 새봄에, '시인들과 대추야자의 나라'를 방문하게 되었다. '시인들과 대추야자의 나라'는 이라크의 별칭이다. 1950년대 아랍권의 신시(新詩)운동이 이라크를 중심으로 일어났을뿐더러, 지식인들은 모두 시인이라고 말할 정도로 시인들이 많고, 얼마나 되는지 그 수를 헤아리기 어려울 만큼 대추야자나무가 흔한 까닭에 이런 별칭을 갖게 되었다고 한다. 이집트를 '세상의 어머니'로, 카이로를 '마을들의 어머니'로 부를 만큼 시(詩)적 표현과 수사(修辭)

를 즐기는 아랍인들의 여유를 나는 좋아한다.

아랍인들은 시와 더불어 역사를 살아온 사람들이다. 시인은 부족의 자랑이요 대변인이었고, 그들 부족의 역사는 시의 형태로 기록되었다. 시에 대한 아랍인들의 사랑과 자부심은 서양의 비행기와 자기들의 시를 맞바꾸지 않겠다고 공언할 정도였다. 이슬람 이전 시대부터 낙타를 사고파는 시장인 '미르바드'에는 어김없이 시인이 등장했다. 시인은 의례 '라위'라고 불리는 낭송자를 대동했다고 한다. '라위'는 자기 시인이 노래했던 시구들을 모두 외우고 있을 만큼 대단한 기억력을 가진 사람으로, 호소력 있는 목소리로 대중의 호응을 끌어낼 자질을 가진 사람이었으리라!

1990년의 1차 걸프전 이후 미국으로부터 경제봉쇄를 당하여 극도로 어려운 상황에서, 사담 후세인은 자신의 건재를 대내외에 과시할 목적으로 전 아랍권을 아우르는 대규모 시인대회를 기획했다. 이름하여 '미르바드 쉬으리'! '시의 낙타 시장'이다. 이라크의 침공을 받았던 쿠웨이트와 쿠웨이트 편에 섰던 사우디아라비아를 빼고,

전 아랍권에서 300명 가까운 시인과 시 전공 교수들이 참가한다고 했다. 모든 경비는 사담 후세인이 부담하고, 참가자들은 커피 한 잔도 자기 돈으로 사 먹을 일은 없을 거라는 이야기를 미리부터 듣고 있었다. 일주일밖에 안되는 짧은 기간이라고는 해도 경제적으로 이렇게 어려운 시기에 이라크 국민에게 폐를 끼치는 일이 될 것 같았다. 그래서 그들에게 도움이 될 길을 궁리하다가 요르단으로 피란 나온 이라크 가족을 소개받고, 그들을 통해서 지금 당장 이라크 국민에게 가장 큰 애로사항이 무엇인가를 알아보았다.

경제봉쇄 이후 아기들이 먹을 분유도 구하기 어렵고, 간단한 가정상비약이 없어서 감기나 설사로 고생하는 아이들을 바라만 볼 수밖에 없는 현실이 가장 안타깝다고 했다. 아무리 후진국이라고 해도 일주일 정도 여행하려면 적어도 미화 천 불 정도는 들 터이니, 그 정도 금액으로 여행 준비를 하기로 마음먹었다. 바그다드에서 탈출한 내과의사를 통해 따로 전문 의약품을 200불어치를 구매하고, 나머지 돈으로는 감기약, 설사약, 소독약 등 각종 가정상비약과 분유, 볼펜 등 문구류를 사들였다. 상당한 분량이 되었다. 내가 가진 큰 여행 가방 둘도 모자라서 친구에게서 큰 가방 하나를 빌려 준비한 물건들을 간신히 넣을 수 있었다. 나는 요르단시인협회 회원들 틈에 끼어서 육로로 바그다드로 향했는데, 내 속을 알 리가 없는 몇몇 분들이 도대체 이라크에서 뭘 살 게 있다고 그렇게 큰 가방을 여러 개나 갖고 가느냐고 묻기도 했다.

아랍 세계에서 인품이 좋기로는 오만 사람과 이라크 사람을 친다는데, 잊지 못할 추억이 있어서인지 나는 특히 이라크 사람들이 좋아 보인다. 학위논문 자료 수집차 카이로에 머물던 1987년의 일이다. 주문한 책을 사러 단골 서점에 들렀다. 바로 다음날로 귀국을 앞둔, 카이로에서의 마지막 오후였다. 아뿔싸! 그렇게나 오래 기다렸는데 그날까지도 내가 주문한 책을 구해 오지 못했다고 한다. 내 논문을 쓰기 위해서는 반드시 읽어야만 하는 책이었다. 내일이면 나는 카이로를 떠나야 하는데……. 내 언성이 좀 높아졌던 모양이다. 서점 주인과 나의 대화에 갑자기 몇 명의 남자들이 끼어들었다. 카이로에서 열리는 전 아랍권 시인대회에 참가한 이라크 시인들이라고 했다. 그중 한 분이 자기가 그 책을 구해 보내주겠으니 내 명함을 달라고 했다. 별 기대 없이 명함을 건네고 서점을 나왔다.

두세 달이 지났을까, 그토록 애타게 찾던 책이 학교로 우송되어 왔다. 이름으로만 알고 있던 유명한 시인이 보낸 것이었다. 나도 모르게 눈물이 솟구쳤다. 절품되었던 이 책을 어떻게 찾아서 보내주었을까? 송료만 해도 만만치 않았을 터인데……. 공부하는 사람들 사이의 어떤 연대감 같은 걸 느낄 수 있었다. 나도 마음을 다해 감사의 서신과 선물을 보내드렸다. 흔치 않은 경험이었다.

또 한번은 이런 일도 있었다. 한국 중동학회가 몇몇 주한 아랍대사들을 초빙하여 학회를 열었을 때였다. 나의 논문 발표를 보고 간 이라크 대사가 몇 달 후에 아랍 신문에 게재된, 내가 연구하는 작가에 관한 자료들을 학교로 보내주었다. 내게는 별 필요가 없는 기초적인 자료였지만, 개인적으로 전혀 친분이 없는 학자에게 그런 관심과 호의를 베푼다는 게 참 고마웠다.

한 사람의 호의와 선행이 그 나라 사람 모두를 남다르
게, 가깝게 느끼게 해주는 것 같다. 내가 이라크를 방문
하며 그렇게 마음을 쓰게 된 것도 아마 이런 호의에 답하
고 싶은 마음이었을 것이다.

빼앗긴 들에도 봄은 오는가

나도 참 대책 없는 인간이다. 어느 구석에 조용히 박혀
있어도 유일한 동양 여성이라 주목받을 수밖에 없었을
텐데, 나서기는 왜 나서나! 마이크를 잡고 "1980년대 이
후 아랍 문학의 얼굴이 시문학에서 소설 문학으로 교체
되고 있다고 하는데, 이에 대한 시인 여러분들의 의견을
듣고 싶다"고 도전장을 내민 것이다. 이런 돌출 발언 때
문이었는지 기자들의 인터뷰 요청에 정신을 못 차릴 지
경이 되었다. 아랍어뿐 아니라 몇 번은 영어로도 인터뷰
해야 했는데 영어가 나 때문에 고생이 많았다. 거의 모든
질문이 아랍권 시인대회에 내가 참가하게 된 경위와 한

국에서 아랍어와 아랍 문학에 대한 교육이 어떻게 이루어지고 있는가에 모아졌다.

그러나 몇몇 기자들은 내가 발표한 이상화 시인의 시 〈빼앗긴 들에도 봄은 오는가〉에 대한 심층적인 정보를 원하기도 했다. 이 작품을 선택한 배경을 제일 궁금해하는 것 같았다. 나는 이 시를 선택해서 아랍어로 번역한 이유를 다음의 몇 가지로 밝혔다. 이 시는 우리나라가 일제의 강점하에 있던 1920년대에 쓰인 저항시로, 그 당시 일제 치하에서 신음하던 한국인들의 정서는 향토를 빼앗기고 세계를 유리하는 팔레스타인 사람들의 현실과 상통할 뿐만 아니라, 쿠웨이트 영토의 일부가 본래 자국의 영토였다고 주장하고 이를 쿠웨이트 침공의 명분으로 삼은 이라크의 입장과도 맥을 같이 하는 부분이 있다고 설명했다.

사람의 인연이란 참 묘한 것 같다. 뜻하지 않게 도움을 받을 때가 있는가 하면, 뜻하지 않게 은혜를 갚게 될 때도 있는가 보다. 딱 10년 전 학위논문 작성의 필독서를 보내주었던 그 시인이 바로 공보부 장관이 되어 이 대회를 주관하고 있었다. 이라크 출신 의사를 통해 준비한 전문 의약품을 전해 드리며 10년 전 카이로 서점에서의 일을 말씀드리자 너무도 반가워하며 고마워하셨다. 이런 준비를 해올 생각을 한 나 자신이 참 대견하게 느껴지는 순간이었다.

대회 기간 내내 많은 시인들이 자신의 시집을 들고 우리가 머무는 호텔 로비로 나를 찾아왔다. 시집을 받고 답례로 준비해 간 물품들을 드릴 수가 있어서 참 다행이었다. 특히 분유를 받아 든 한 젊은 시인의 눈에 비친 눈물을 잊을 수 없다. 나라가 제대로 굴러가야 국민이 이런 비참한 꼴을 당하지 않겠구나 하는 생각이 저절로 들었다. 참가자들 전원이 바그다드를 떠나 이라크 시(詩)의 본향이라는 바쓰라 시를 찾아가는 버스 안에서의 일이다. 대(大)바그다드대학교의 시문학 교수가 창밖을 보며 무언가를 긁적이고 있었는데, 그분은 손에 쥐기도 어려울 만치 닳고 닳은 작은 몽당연필을 들고 있었다. 볼펜 몇 자루를 살며시 그분 손에 쥐여 드렸고 우리는 엷은 미소를 나누었다.

전 주한 이라크 대사님이 어떻게 아시고 호텔로 연락을 해오셨다. 걸프전이 일어나기 직전에 내가 연구하는 팔레스타인 작가에 대한 자료를 보내주셨던 분이다. 저녁 초대를 하신단다. 이 빈궁의 세월에 저녁 초대라니! 손님 접대에 진심인 아랍인인지라 자신이 근무했던 한국에서 모처럼 온 학자를 그냥 보낼 수는 없었으리라. 어렵게 찾아간 대사님 댁은 어둡고 가라앉은 분위기였다. 빛바랜 벽에 태극선 두 개가 걸려 있고, 낡은 피아노 위에는 조악한 백자 항아리가 놓여 있었다. 한국의 어떤 약국에서 받았다고 했다. 거기에 쓰인 글귀가 늘 궁금했다며 번역을 좀 해달라고 하셨다. '돈을 잃은 것은 조금 잃는 것이요, 명예를 잃은 것은 많이 잃는 것이며, 건강을 잃으면 전부를 잃은 것이다'라는 뜻이라고 하자, "그렇지! 그렇지! 물론이지!"를 연발하셨다. 가난은 가리기 어려운 것인가 보다. 정성만으로 차린 음식은 이들의 찌든 현실을 그대로 말해주는 듯했다. 이런 난세에는 농사꾼이나 장사꾼이 훨씬 살기가 낫고, 자기같이 어중간한 사람은 정말 죽을 맛이라며 허허로운 웃음을 지으시는 대사님을 보면서 마음이 짠했다. 소화제, 소독약, 감기약, 해열제, 설사약 하나하나 설명하면서 아랍어로 메모해드리자 사모님의 얼굴에 모처럼 생기가 도는 게 느껴졌다. 아이고! 나라를 잘 만나야 하는데! 나는 어느새 팔레스타인 난민촌의 어린이들을 생각하고 있었다.

바그다드에서의 마지막 일정은 라디오방송 출연이었다. 각본도 없는 생방송이 두렵기도 해서 극구 사양했지만, 단편 작가라고 자신을 소개한 진행자는 좀처럼 물러서지 않았다. 걱정할 필요가 전혀 없다고 했다. 방송국 복도는 정말 어두컴컴했다. 복도 천정에 달린 전등은 오래전에 이미 죽었거나 죽어가는 중이었다. 경제봉쇄로 온 나라가 죽어가는 현장을 본 것 같았다. 이런 데서 어떻게 방송을 할 수 있을까 걱정이 될 정도였다. 진행자는 먼저 이번 시인대회에 동방 끝에서 온 유일한 참가자라고 나를 소개하고, 내가 번역한 〈빼앗긴 들에도 봄은 오는가〉를 직접 낭송하면서 방송을 시작했다. 클래식 소품을 한 곡 듣고 잠깐 대담을 이어가는 한 시간 정도의 프로그램이었다. "송 교수님은 황혼에 지평선으로 떨어지는 태양을 보면 무슨 생각이 드시죠?" 진행자의 마지막 질문이었다. "져가는 태양은 내일 새벽 다시 떠오를 태양에 대한 약속입니다." 나의 대답이었다. 오랜 세월이 흘렀어도 잊을 수 없는 장면이다.

암만으로 돌아오는 여행 가방 안에는 시인들이 들고 온 시집들과 선물로 받은 대추야자가 가득했다. 그렇구나! 시인들과 대추야자의 나라를 다녀왔구나!

나일강에서 울다

1988년 이른 봄, 카이로 체류 중에 아랍권 최고의 소설가 나깁 마흐푸즈(1911-2006)를 방문할 기회가 있었다. 고생 고생하며 한국어로 번역한 그의 작품과 태극선 두 개, 그리고 몇 가지 자질구레한 한국 민예품을 들고, 알 아흐람 신문사의 그의 개인 사무실로 들어섰다. 애써 번역한 작품을 가지고 대작가를 만난다는 벅찬 감격에 앞서, 나는 뭔가 개운치 않고 부담스러운 느낌을 떨쳐내지 못하고 있었다. 독일 문학을 전공하는 우리 대학의 어느 교수가 원작자의 허락 없이 번역한 책을 들고 작가를 찾았다가, 혼쭐이 났다는 이야기를 들은 것이 바로 얼마 전 일이 아닌가. 2년 전 번역을 시작할 때만 해도, 별 이야기가 없었던 지적재산권 문제가 한국에서도 갑자기 큰 이슈가 되어 시끄러운 상황이라, 이 유명한 작가가 어떻게 나올지 내심 염려되는 바가 없지 않았기 때문이다.

마침 환담 중이던 작가는, 선뜻 손님을 물리고 내게 시간을 내주었다. 작가의 첫인상은 너무나 깡마르고 초췌한 동네 할아버지 같았고 귀에는, 사진에서 보아온 예의 그 보청기를 끼고 있었다. 생각해보면 그때 그분의 연세가 76세로 지금 내 나이와 똑같았는데, 그분을 그렇게 노인으로 본 것은 그 당시 내가 꽤 젊었던 까닭이겠다. 그의 풍모 어디에도 권위 같은 걸 내세우는 기색은 전혀 찾아볼 수 없는, 꼭 고향 동네 할아버지 같은 분위기라서 나는 아주 편안한 마음으로 입을 열었다. 아무런 허락도 받지 않고 선생님 작품을 번역한 데 대한 사과부터 먼저 드려야 했다.

"허락이라고요?! 그건 괜찮아요. 아무래도 좋아요. 솔직히 나는 한국이 어디 있는지도 정확히 모르는데……. 거기도 아랍어를 하는 사람이 있고……. 게다가 내 작품이 번역까지 되다니!"

정말 놀랍고 송구하다는 게 작가의 첫 반응이었다. 그
제야 나는 안도의 한숨을 내쉬었다. 이제 그는 긴 이야기
를 하려는 듯 책상에서 내려와 소파에 자리를 잡더니, 내
게 몇 가지 질문을 던졌다.

아랍에 훌륭한 작가가 많은데, 왜 자기를 택했는가? 그
것이 작가의 첫 질문이었다. 책 읽듯이 또박또박 이어간
나의 대답은 대강 이런 것이었다.

"한국에서는 아랍 문학을 소개하기가 쉽지 않다. 무엇
보다 지면을 얻기 힘들다. 셰익스피어만큼 유명한가? 아
니면 최인호(당시에 장안에 화제가 될 만큼 재미있는 소
설을 연재했다)의 소설처럼 재미있나? 출판사들은 대개
이런 반응을 보인다. 이런 상황에서 모 출판사로부터 제
3세계 문학의 일환으로 아랍 문학을 한번 소개하자는 제
의를 받았다. 처음에는 두 권으로 기획해서, 한 권은 이
스라엘 측에 의해 암살당한 팔레스타인 저항작가 갓산
카나파니의 작품을, 또 한 권은 선생님의 작품을 번역할
계획을 세웠다. 그러나 출판사의 재정 형편상 아랍 문학
에 한 권밖에는 할애할 수 없다는 최종 통지를 받게 되

었다. 사실 나 자신으로서는 내가 전공으로 공부하고 있는 갓산 카나파니의 작품을 번역하고 싶은 마음이 간절했다. 마침 한국에서 민족 문학의 열기가 더해 가던 터이기도 했다. 그러나 생각해보라. 20여 개 국가로 이루어진 아랍권 전체에서 단 한 사람의 작가를 소개해야 한다면, 그것은 의심할 바 없이 선생님이 되어야겠기에, 내 개인적 욕심을 버리고 선생님을 택했다."

내 말을 차분히 들으시던 작가는 알겠다는 듯 껄껄 웃으셨다. 이제 그런대로 또 한 고개를 잘 넘긴 셈이다.

"내 많은 소설 중에서 《도적과 개들》 그리고 《거울들》을 고른 이유는 무엇인가?"

원작자로서 당연한 질문이 이어졌다.

"선생님의 소위 '60년대 소설들'은 길이가 이전보다 훨씬 짧아졌지요. 사실주의나 자연주의 시각이 아니라, 사회적 환경과 상황에 개인이 어떻게 반응하고, 사회와 개인이 어떻게 조응하는가에 초점을 두셨죠. 그리고 존재론적 관심을 가지고 인간의 갈등, 소외 고독의 문제를 다루셨어요. 《도적과 개》는 1961년 작품으로 바로 이 시기의 문을 활짝 연 작품 같습니다. 그리고 《거울들》은 참 흥미롭게 읽었어요. 작품에 나오는 대학교수의 모습, 학교 식당에서 식칼과 국자까지 들고나와 경찰과 대치하는 학생 데모대, 암시장의 상인 등 거의 모든 등장인물이 우리 한국 사회에서 볼 수 있는 모습이라 공감대가 컸습니다. 이 소설이 가장 자전적 작품이라고 작가 선생님이 직접 밝히기도 하셨고, '하나의 소설이 그 소설을 잉태한 사회의 구석구석을 이 소설만큼 심층적으로 보여주는 작품이 없다'라는 나깁 마흐푸즈 전문가인 미국 학자의 말에 고무되기도 했지요."

나는 슬슬 자신감을 얻어가고 있었다.

준비해간 태극선을 꺼내자 선생님은 신기한 듯, 벽에 걸어도 보고, 부채질도 해보이시며 즐거워하셨다. 이번에는 내가 선생님께 물었다.

"선생님, 제가 하는 아랍어가 아랍권에 살면서 익히고 배운 말이 아니라는 거, 제 말투에서 이미 느끼셨죠? 저는 한국에서 아랍어를 거의 독학으로 공부했고, 아랍에서 연수한 건 2년이 채 안 됩니다. 그러니 제가 선생님 작품을 번역하면서 얼마나 힘들었겠어요?"

원래 울보인 나는 벌써 목이 메이고 있었다.

"맞아요. 내 작품이 번역하기 쉽지 않죠. 그래도 자꾸 하다보면 어휘력도 늘고 곧 익숙해져요. 꼭 다른 소설을 번역해서 다음에 다시 오세요."

선생님은 이렇게 격려해 주시며 엘리베이터까지 배웅해주셨다.

거리로 나서는데 가슴 속에서 뜨거운 무언가가 솟구쳤다. 울음을 참기 어려웠다. 나는 지나가는 택시를 불러 타고 나일강으로 내려갔다. 오열이 걷잡을 수 없이 터져 나왔다. 장학금으로 공부해서 교수가 되겠다는 일념으로 밀어붙인 무모한 학과 선택, 이렇다 할 교수도 없이, 제대로 된 교재도 없이, 마치 강가의 모래를 한 줌, 또 한 줌 퍼담듯이 그렇게 힘들게 해온 공부……. 보채는 아들을 등에 업고 발로는 빨래를 밟아 빨면서도 어렵게 구한 아랍어책을 손에서 놓을 수는 없었던 나날들……. 내 인생의 모든 서러움을 나일강 물에 흘려보내기라도 하듯 나는 울고 또 울었다. 눈물에 씻기지 않는 설움이 없다고 하지 않던가?!

그로부터 불과 몇 달 안 되어 마흐푸즈 선생님은 1988년도 노벨문학상 수상자가 되셨다. 나는 마치 나 자신이 이 상을 받은 듯 기뻤다. 그리고 그의 문학을 소개하기 위해 흥분 속에서 동분서주해야 했다. 그리고 다시 10년! 카이로의 작가인 나깁 마흐푸즈가 스웨덴 아카데미에 이르고, 노벨문학상을 타게 되는 경로, 다시 말해 그의 작품이 세계화되는 과정에 대한 논문을 준비하면서 나는 그의 문학세계를 새롭게 마주할 기회를 갖게 되었다. 그리고 이 과정에서 전에 가졌던 여러 의문점도 해소할 수가 있었다. 어떻게 작가는 나의 불법 출판을 그토록 쿨하게 용인하고 격려까지 해주셨을까? 카이로 아메리칸 대학의 나깁 마흐푸즈 담당자는 내가 보낸 질의서에 이렇게 답했다.

"나 개인적인 생각이긴 하지만, 마흐푸즈의 책이 많이 팔린 데는 그의 개인적인 전략이 작용했을 것이다. 그는 많이 보급되어 읽힌다면 불법 출판도 굳이 말리지 않았다. 어떻게든 많이 퍼지고 널리 연구가 이루어지는 것이 급선무라고 여겼던 것 같다."

아! 그랬었구나! 그런 거였구나!

내게는 그렇게 어렵기만 했던 그의 문체적 특성도 밝혀졌다. 그는 점차 화석화되어 가는 문어체 아랍어에서 생동감이 넘치는 거리의 아랍어로 자신의 문학 언어를 현대화했다. 소위 제3 언어, 혹은 중간 언어라고 불리는 소설 언어를 창출함으로써, 문어체 아랍어의 지적 에너지와 이집트 구어체 아랍어의 활력을 하나로 묶어 내는 언어혁명을 이룩했던 것이다. 1988년 노벨문학상 수상식에서 행한 당시 스웨덴 아카데미 사무총장 스투레 알렌의 연설문은, 이 작가의 작품세계가 어떻게 변모해 왔는가 그 양상을 정확히 짚어내는 것은 물론이고, 심지어 마흐푸즈 산문의 시적 가치까지를 언급하는 것으로 보아, 다수의 전문가로부터 추천서를 받았다는 사실을 분명히 느낄 수 있었다. 이 연설문에서 마흐푸즈의 대표작으로 거론한 7개 작품 가운데 내가 번역한 두 작품이 포함되어 있었던 것도 내게는 남모를 행복이었다.

은퇴 후 10여 년! 걸려 오는 전화 한 통 없는 이 나른한 노년의 오후. 나는 활기 넘쳤던 지난 일을 소환하며, 소

진되어가는 활력을 자가발전(自家發電)하고 있는지도 모
르겠다.

'아랍 놈도 다 받는데'

우리가 젊었던 시절에는 노벨상, 특히 노벨문학상에 관한 관심이 대단했던 것 같다. 가을이 깊어갈수록 노벨문학상의 발표를 목을 빼고 기다리곤 했는데, 요즈음은 그 관심이 예전만 아주 못한 것 같아 섭섭한 마음이다. 노벨문학상이, 정치성이 개입된 나눠주기 식이니, 세계 미인대회와 흡사한 가치 없는 제비뽑기니, 노벨문학상에 대한 갈망은 서구에 대한 문화적 사대 근성의 노출에 다름 아니니, 부정적인 말들이 무성하다. 그러나 뭐니 뭐니해도 우리는 솔직히 노벨문학상을 갈망해왔다. 필자 역시 한국의 노벨문학상 수상을 고대하는 사람 중의 하나다. 내가 아주 노쇠해져서, 책 읽기의 즐거움조차 누리지 못하는 형편이 되기 전에 우리나라 작가가 노벨문학상을 탔으면 하는 것이 나의 개인적인 바람이기도 하다.

그동안 노벨문학상은 지나치리만큼 서구 작가들에게 편중되어 온 게 사실이었다. 그러나 1960년대에 들어서면서, 노벨문학상이 유럽과 미국에 의해 독식되는 현상에 대하여 세계적인 비판이 일었고, 중국 작가 황추유(黃祖瑜)는 노벨아카데미의 사무국장에게 서한을 보내, "uncommon language로 작품을 쓰는 작가가 서구 작가와 똑같은 노벨상의 기회를 가질 수 있는가?"라는 질문을 제기하기도 했다. 이에 대해 아카데미 사무국장은 1984년 독일의 한 잡지와의 인터뷰에서 "스웨덴 아카데미 내에 비유럽 작가에 대한 관심이 점차 증가하고 있으며, 상이 세계적으로 안배되도록 하려는 시도가 이루어지고 있는 중이다."라고 답변한 바가 있었다. 1986년 나이지리아의 극작가이며 소설가인 월레 소잉카(Wole Soyinka)의 노벨문학상 수상은 바로 이러한 노력의 첫 결실로 보인다.

그 후 바로 2년 뒤인 1988년의 노벨문학상은 이집트의 소설가 나깁 마흐푸즈(1911-2006. 표준 아랍어 발음으로는 나집으로, 나깁은 카이로 방언 발음)에게 돌아갔다. 이집트는 물론 아랍권 전체로 보아서도 87년간의 노벨상 역사에서 처음으로 얻은 영예였다. 마흐푸즈의 수상이 아랍 문화에 대한 때늦은 국제적 인정이었든지, 아니면 제3세계 작가에 대한 통과의례였든지 간에, 그의 수상은 노벨문학상 수상에 목말라 있던 당시 한국 문단에 비상한 관심을 불러일으켰다. 필자는 마흐푸즈의 수상과 관련하여 여러 한국 문인 단체들로부터 강연 요청을 받았다. 대표작의 하나인 《도적과 개들》과 《거울들》(《쉰다섯 개의 거울》이라는 제목으로 《도적과 개들》에 합본되었음)을 번역 출간했고, 수상하기 바로 몇 달 전에 작가를 직접 방문하여 번역본을 증정하고 면담을 한 바가 있어서, 조금은 자신감을 가지고 그의 생애와 작품세계에 대하여 강연을 시작했다.

　"스웨덴아카데미는 마흐푸즈의 노벨문학상 수상을 발표하면서 '분명한 시각의 사실주의와 환기적 모호성을 가진 풍부한 뉘앙스의 작품을 통하여 모든 인류에게 적용되는 아랍적 서사 예술을 이룩했다' 라고 그의 작품세계를 평가했다. 아카데미의 이러한 평가는 반세기가 넘는 이 작가의 문학적 생애를 정확히 짚어낸 것으로 보인다. 알려진 바대로 노벨문학상은 특정 작품이 아니라 한 작가의 문학적 생애 전체에 주어지는 상이라는 점에서 간략하게나마 그의 작품세계의 변모 양태를 살펴볼 필요가 있다.

그는 대학에서 철학을 공부하고, 1930년대 말부터 고대 파라오의 역사를 소설화하는 작업으로 글쓰기에 입문했다. 40년대 중반부터는 《새로운 카이로》(1945), 《미다끄 골목》(1947), 《삼부작》(1956-1957) 등 사실주의 · 자연주의 기법의 일련의 카이로 배경의 소설들을 발표했다. 비평가들은 마흐푸즈가 역사 소설에 매달리지 않고 사실주의 소설로 선회한 것이 아랍 소설의 축복이었다고 말한다. 아카데미의 '분명한 시각의 사실주의' 라는 발표는 1940, 1950년대 사실주의 단계의 그의 소설들을 말하는 것이다. 특히 이번 수상에 직접적인 영향을 미친 《삼부작》은 3대에 걸친 한 이집트 가정의 삶을 통하여 당시 이집트의 정치, 사회, 종교 및 지식인 계층의 상황을 꼼꼼히 묘사하고 있다. 작가는 '소설은 역사가 보여주지 못하는 역사의 기록'이라고 말한 바 있는데, 가족사를 통하여 시대사를 재현한 《삼부작》이야말로 이에 가장 걸맞은 예가 될 것이다.

1959년, 문제작 《우리 동네 아이들》(이 작품은 신문에 연재되기 시작하면서부터 이슬람 세력의 반발로 중단될 위기를 겪었고, 이집트에서 출판되지 못하고, 1962년 베이루트에서 먼저 출판되었으며, 2006년에야 카이로에서 출판될 수가 있었다)을 발표하면서, 형이상학적, 철학적, 상징적, 실존적 등등 평자에 따라 다양하게 정의되는 작가의 제3기가 시작된다. 이 소설은 아담 이래 현대에 이르는 인류의 역사를 선지자들을 통해 시대 구분을 하면서, 각 시대의 민중의 삶을 보여주는 작품이다. '우리 동네'는 좁게는 카이로, 넓게는 전 세계를 가리키는 것으로 보이는데, 아카데미가 발표한 '환기적 모호성을 가진 풍부한 뉘앙스의, 모든 인류에게 적용되는 아랍적 서사 예술' 이라는 표현은 바로 이 작품을 염두에 둔 것이다. 《우리 동네 아이들》이 마치 수상작인 것처럼 언론의 관심을 집중시킨 것도 이 때문이었다.

1970년대 말부터 소위 통합과 성숙의 시대로 일컬어지는 이 작가의 제4기가 펼쳐진다. 한마디로 그 경향을 정의하기 어려운, 자유 선택의 단계라고 할 수 있다. 서구적인 소설 형식에 어떻게 아랍적이고 이집트적인 정서를 담아내느냐 하는 지금까지의 과제를 뛰어넘어, 어떻게 하면 소설의 형식조차도 아랍적이고 이집트적인 것으로 구체화하느냐가 작가의 숙제가 된 시기다. 유기적 통합체로서의 서구적 소설 형식을 뛰어넘어 아랍의 토착적인 이야기 기법이 많이 활용된다. 판타지 기법이 많이 사용되기도 하는데, 작가는 '판타지나 추상적 차원은 오로지 현실의 중심에 이르기 위한 도구일 뿐이다. (중략) 비현실적 문학이란 존재하지 않는다고 나는 믿는다'고 밝힌 바 있다.

이상으로 반세기에 걸친 마흐푸즈의 작품세계를 대충 훑어보았다. 시대에 따라 소설의 소재나 기법은 바뀌어

갔어도, 그는 카이로 뒷골목에서 눈을 떼지 않았고, 평등에 대한 인간의 투쟁과 과학적 진보에 대한 믿음이라는 작가 정신의 두 축은 언제나 건재했다. 그는 지금까지 35권의 장편소설, 15권의 단편 소설집, 7편의 희곡, 30편 이상의 영화 대본을 썼으며, 아랍 소설의 발전은 오로지 마흐푸즈 혼자 손에 의해 달성되었다고 해도 과언이 아닐 정도로 아랍 소설의 역사 그 자체로 평가받고 있다."

대충 이런 내용으로 강연을 마무리하고 질의응답 시간을 가졌다. 그러나 참석한 문인들은 이 작가의 탁월한 문학성에 대해서는 별 관심이 없어 보였다. 오히려 이분들의 질문은 한마디로 "아랍 놈도 받는데 왜 우리는 못 받느냐? 어떻게 하면 이젠 아랍 작가조차 받는 노벨문학상을 우리에게 오게 하느냐?"에 모아지고 있었다. 나로서는 서구어로의 번역이 중요한 역할을 했으리라는 일반적 관측을 이야기할 뿐, 이에 대한 준비된 답변을 내놓지는 못했다. 노벨문학상이 어디 GNP 순서라던가. 문인들의 비문화적(?) 태도가 실망스럽기는 했지만, 마흐푸즈가 카이로 카페에서 스웨덴아카데미에 이르는 경로를 고찰해 보는 것도 의미 있는 작업이 될 것이라는 생각을 하게 되었다.

그 후 몇 년 동안 나는 마흐푸즈의 노벨상 관련 자료들을 찾는 데 심혈을 쏟았다. 무엇보다 중요한 자료는 노벨 문학상의 선정 기준이었고, 카이로 카페에서 스웨덴아카데미까지 그의 작품이 세계화되는 과정, 이 과정에서 카이로 아메리칸대학교(AUC)의 역할, 서구의 유수 대학에서의 마흐푸즈 연구 현황, 마흐푸즈의 노벨문학상 수상에 대한 주요국의 반응, 마흐푸즈의 노벨 강연(전문), 노벨상 수상식에서의 스웨덴아카데미 사무총장 스투레 알렌의 연설문(전문), 심지어 마흐푸즈가 노벨상을 받을 당시 아카데미 도서관에 아랍 문학에 관한 어떤 자료들이 있었으며 그 자료들은 마흐푸즈를 어떻게 평가하고 있는가에 이르기까지 가능한 모든 자료를 모았다. 한국 문학이 노벨상을 타는 일에 나 나름으로 일조하고 싶다는 열망에서였다.

노벨문학상은 이상주의적 경향이 탁월한 문학작품을

생산한 사람에게 수여되는 상으로 알려져 있다. 그러나 그 구체적 선정 기준에 대한 논의를 다룬 자료는 흔하지 않았다. 어렵게 찾은 자료는 선택의 기준과 그 개념을 적시하기보다는 지금까지의 수상자들의 사례를 분석하고 있었는데, 그는 노벨위원회에서 일해온 개인적 경험을 살려 문학사가의 입장에서 다음의 기준을 제시하고 있었다. 고상하고 건전한 이상주의, 문학적 중립성, 위대한 스타일, 보편적 관심, 선구자적 역할, 실용적 패턴, 정치적 고려의 배제, 공동 수상, 전 세계 문학에 대한 상의 배분, 훌륭한 추천서 등 10개 항목이 그것이다. 이 책의 기준에서 필자가 납득하기 어려웠던 부분은 지역 문화의 대변자로서의 작가의 대표성을 간과하고 있다는 점이었다. 그리스 문학의 이름으로 노벨상을 수락한 요르고스 세페리스(1963), 수락 연설을 통하여 라틴 아메리카에 대한 세계적 지원을 호소했던 가브리엘 가르시아 마르케스(1982)나 "1억5천 명의 아랍인들이 향토에서 쫓겨난 팔레스타인 사람들의 인권을 주시하고 있다. 예술은 편견이 없고 행복한 사람들과 함께하듯이, 예술은 또한 가련

한 사람들을 저버리지 않는다. 아랍 세계 역시 나와 더불어 노벨상을 수상했다. 아랍어가 진정한 수상자다"라고 수락 연설에서 밝힌 마흐푸즈의 경우만 보더라도 대표성과 대중성은 수상의 기준에서 배제되어서는 안 될 것이다. 아마도 이 책의 저자는 '실용적 패턴'에다가 대중성과 대표성을 포함시킨 것 같다.

마흐푸즈의 작품이 세계화되는 과정은 어떠했는가? 모든 작가의 작품이 민족적 한계를 뛰어넘어 세계화되는 과정에 서구어로의 번역이 가장 필수적인 작업임은 더 말할 나위가 없다. 마흐푸즈 자신도 1978년의 《삼부작》의 불어본 출간이 그 단초가 되었음을 부인하지 않는다. 아랍 문학의 영어 번역 상황을 조사해보니, 장르별로는 소설이, 국가별로는 이집트가, 개별 작가로는 마흐푸즈의 작품이 가장 많이 번역되었음을 확인할 수 있었다. 필자는 카이로 아메리칸대학교(AUC)의 마흐푸즈 담당자에게 직접 서한을 보내, 마흐푸즈의 작품이 세계화되는 과정에서 어떤 역할을 했는지를 알아보았다. AUC Press는 수상 이전인 1985년에 에이전트로서의 계약을 체결하여, 마흐푸즈 작품 번역에 대한 전적, 독점적 권리를 가지고 그의 작품을 번역, 출간해오고 있으며, 미국, 프랑스, 독일, 스페인 일본 등에 자신들의 에이전시를 두고, 번역, 출판, 판매를 위임하고 있다는 사실을 확인할 수 있었다. AUC는 외국의 주요 출판사와 대학에 AUC Press 출판물 목록을 정기적으로 보내주고 있으며, 많이 번역하고 많이 팔기 위해 노력했을 뿐 다른 전략은 없었지만, 작품의 광범위한 소개가 마흐푸즈의 존재를 알리고, 결과적으로 수상에 일조했을 것이라고 담당자는 밝혔다. 1996년, 작가의 85세 생일을 기념하여 AUC가 발표한 자료에 의하면, 마흐푸즈의 작품은 노벨문학상 수상 이전에는 15개 작품이 9개 언어로, 수상 이후에는 29개 작품이 23개 언어로 번역되었음을 알 수 있었다. 주로 서구어 번역만이 조사되었으니 실제로는 더 많은 작품이 번역되었을 것이다. 필자가 굳이 '카이로 카페'라는 표현을 쓴 까닭이 있다. 카이로의 카페는 커피나 차를 마시고 물담배를 피우는 곳 이상의 사회적, 문화적 공간이다. 타인의 삶과 조우하며 세태의 변화를 읽는 사회의 축소판이다. 마흐푸즈는 부친이 늘 마흐푸즈를 데리고 찻집에 다녔기 때문에 라바바 연주와 이에 곁들여지는 민담이나 영웅시를 들으며 자랐고, 마흐푸즈에게 카페는 세상을 보는 창이요, 제2의 홈이었다고 할 수 있다.

　마흐푸즈의 노벨문학상 수상에 대한 반응을 살펴보자. 마흐푸즈 본인의 반응은 어떠했을까? 그는 "먼저 본인의 오랜 인고의 노력을 인정해주신 데 대하여 스웨덴아카데미와 노벨 위원회에 감사드리고 싶습니다."라는 말로 수락 연설을 시작했다. 서구에서 유입된 새로운 문학 장르인 소설을 향한 그의 집념과 노력을 잘 알고 있는 필자로서는 진솔한 이 첫 구절이 너무도 감동적이었다. 집필 초기의 일이지만, 그의 원고는 출판사로부터 수없이 퇴짜를 맞았다고 한다. 고쳐 써 가고, 다시 고쳐 써 가고를 거듭하며, 그는 '싸비르'(인내자라는 뜻)라는 별명을 얻기까지 했다고 한다. 하기야 우리 가운데 그 누가 '싸비르'가 되지 않고 무엇을 이룰 수가 있으랴마는, 소설을 향한 마흐푸즈의 인내와 열정은 하늘에 닿아 있었던 것 같다.

　수상이 발표되자 아랍권의 과격 이슬람 단체들은 마흐

푸즈의 소설이 자신들의 종교적 신념과 일치하지 않는다는 이유로, 《우리 동네 아이들》이 자신들을 사탄에게 팔아넘겼다며 맹렬히 수상을 비난하고 나섰고, 급기야 1994년 10월 14일에는 암살 기도까지 일어나게 되었다. 필자가 만나본 아랍 문인이나 비평가들은 노벨문학상의 정치성을 크게 염두에 두고 있었다. 이들은 당시에 미국이 주도하는 캠프 데이비드 평화협정에 만약 이집트가 응하지 않았고, 마흐푸즈가 이스라엘과의 평화회담을 지지하지 않았다면 그의 수상은 어려웠을 거라는 시각을 가지고 있었다.

근래에 와서 한국 문화에 대한 세계적 관심이 놀랍도록 커지고, 세계적 문학상을 거머쥐는 작가도 눈에 띄고 있다. 노벨문학상 수상도 그리 멀지 않아 보인다. 어떻게 하면 우리가 좀더 효과적으로 노벨문학상에 다가갈 수 있을까? 필자는 마흐푸즈의 사례를 통하여 몇 가지 시사점을 확인하고 이를 제안하고자 한다.

step 2

산수유나무집 아이

추억의 보석 상자

우리 형제는 2남 4녀의 6형제였다. 큰오빠와 작은오빠 그리고 내가 딸로는 맏이고 내 아래로 여동생이 셋이다. 형제들은 모두 세 살 터울이었는데, 우리나라 학제가 중·고등학교 각각 3년씩으로 되어 있어서, 한꺼번에 상급 학교로 진학해야 했기 때문에 입학등록금을 대는 일이 무엇보다 집안의 큰 문제였다. 집안 형편은 말할 수 없이 어려웠지만, 우리 부모님의 남다른 교육열과 끝없이 희생적인 자식 사랑 덕분에 형제들 모두가 때를 놓치지 않고 학교에 다닐 수가 있었다.

나이 30세가 되던 1969년, 큰오빠는 그야말로 '청운의 꿈'을 안고 가족과 함께 미국으로 떠났다. ('청운의 꿈'

이라는 말은 우리 아버지의 전매특허로, 사나이는 무릇 청운의 꿈을 가져야 한다고 항상 주장하셨다.) 그리고 얼마 지나지 않아 작은오빠도 그 뒤를 따라갔다. 그 당시 한국은 너무도 빈한한 나라였고, 변변한 일자리 찾기도 어려웠기에 오빠들의 선택은 어쩌면 불가피한 것이었을지도 모르겠다. 숫자에 약한 내가 큰오빠가 미국으로 떠난 1969년을 정확히 기억하는 것은 큰오빠가 자기 이메일 주소에 언제나 이 숫자를 썼기 때문이다.

오빠들은 미국에 정착하기 위해서 그야말로 밤낮으로 눈코 뜰 새도 없이 치열하게 살아가야 했고, 한국에 남은 자매들도 각자의 삶을 개척해가느라 정신이 없었다. 그러니 우리 형제들이 태평양을 건너 함께 만나 정다운 추억을 만들 기회도 그리 많지 않았다. 어쩌다 오빠들이 한국에 나와도 직장 때문에 곧 돌아가야 했기에 여섯 형제가 함께하는 시간은 말처럼 쉽지 않았다. 우리의 젊은 날들은 그렇게 지나갔다. 그러다가 형제들이 어느 정도 나이가 들고 경제적 기반이 잡히고 나자 큰오빠는 family reunion을 제안하셨다. 미국에 사는 두 오빠의 가족들과 한국의 자매들이 밀라노에서 만나서 며칠간 이탈리아를 여행했다. 아름다운 자연 풍광을 즐기며 오랜만에 오빠들과 정말 꿈같은 시간을 누렸다. 2년마다 이런 가족 행사를 하도록 하자! 늘그막에 다시 형제들이 만나 행복한 시간을 함께하자! 이렇게 꿈에 부풀어 있었지만, 형제들 모두의 여행은 그때 단 한 번으로 끝이 나고 말았다. 이탈리아 여행 후 얼마 안 되어 큰오빠가 몹쓸 병을 얻어 너무도 갑작스럽게 우리 곁을 떠났기 때문이다.

여러 형제들 간에도 특히 가까운 사이가 있게 마련이다. 나와 큰오빠가 그랬다. 우리는 기질적으로 서로 닮았고 문학이나 고전음악에 끌리는 점에서도 서로 통하는 데가 많았다. 오빠 떠나고 만 10년이 되는 오늘은 큰오빠와의 추억을 곱게 담아둔 보석 상자를 열어보고 싶다. 그동안 애써 눈길조차 주지 못한 나만의 추억 상자를 오늘은 열어보려고 한다.

K고등학교를 다니던 시절의 오빠 모습이 떠오른다. 작지 않은 키에 반듯하고 준수한 오빠의 얼굴이 그 학교의 멋진 교복과 얼마나 잘 어울렸던지……. 나는 늘 그런 오

빠가 자랑스러웠다. 어떤 싱그러운 여름날 아침 등굣길에 버스 정류장에서 오빠를 보았다. 오빠가 나보다 조금 먼저 정류장에 와 있었던 것 같다. "경숙아!" 하고 오빠가 반갑게 나를 부르자, 버스를 기다리던 사람들의 시선이 모두 내게로 쏟아졌다. 이 멋진 남학생이 내 오빠라니! 그때의 그 으쓱했던 기분을 나는 아직도 잊지 못한다. 60년이란 오랜 세월이 흘렀음에도!

내가 당시 여학생들의 선망의 대상이던 K여고에 합격했을 때, 가족 가운데 제일 기뻐했던 이도 큰오빠였다. 큰오빠는 방학 때면 늘 자기가 다니던 K대학교 도서관에 나를 데리고 갔다. 오빠는 K여고 배지를 단 여동생을 무척 자랑스러워했던 것 같다. (그때는 모두가 가난했던 시절이라 외출할 때 입고 나갈 변변한 사복이 없어서 어디를 가나 교복 차림일 수밖에 없었다.) 오빠는 나와 나란히 앉아 공부도 하고, 자기 친구들에게 자랑스럽게 나를 소개하기도 하고, 자신이 읽은 문학 서적을 내게 읽어보라고 건네기도 했다. 오빠 권유로 여고 1학년 시절에, 장만영, 조병화 두 시인의 시집과 한국의 영문학 1세대인

이양하 선생이 번역한 영국 수필가 찰스 램의 수필집을 읽었던 기억이 난다.

영문학을 공부하던 오빠는 언젠가는 소설을 써보겠다는 열망을 갖고 있었던 것 같다. 하루는 내게 자신이 구상한 소설의 플롯을 설명해주기까지 했으니 말이다. 10년 전 오빠가 급하게 세상을 등지고 난 후에, 샌프란시스코 오빠 집의 서재를 둘러볼 기회가 있었다. 그 바쁘고 고달픈 이민 생활을 하면서 언제 이렇게도 많은 한국의 소설책들을 찾아 읽었을까! 큰 서재를 가득 채운 소설책들은, 시간적 여유만 생기면 꼭 소설을 쓰겠다는 오빠의 집념을 말해주는 듯했다. 자신의 첫 소설의 플롯을 열정적으로 내게 설명하던 대학 시절의 오빠 모습이 떠올라 뜨거운 눈물이 솟구쳤다. 더는 그 방에 머무를 수가 없어, 오빠의 손때가 묻은 두 권의 소설책을 기념으로 가지고 방을 나왔다. 이 글을 쓰는 순간에도 흐르는 눈물을 어쩔 수가 없다. 오빠만큼 나를 많이 울린 사람도 없을 것이다.

큰오빠와의 추억이 담긴 나만의 보석 상자! 오늘은 그

상자 맨 밑바닥에 반듯이 누워 있는 오빠와의 예쁜 추억 하나를 꺼내 보고 싶다. 그것은 큰오빠와의 첫 번째 추억이자 또한 내가 기억하는 내 유년의 첫 장면이기도 하다.

한밤중이었다. 집 뒤 우물가에 있는 사립문 쪽에서 "경숙아!" 하고 부르는 큰오빠의 목소리가 작고 희미하게 들렸다. 나는 어릴 적부터 잠귀가 유난히도 밝았다. 총알같이 뛰어나가 사립문을 열었다. 피란갔던 식구들이 돌아온 것이다. 전투는 멈췄지만 세상이 너무도 어수선할 때라, 낮에 대문으로 오지 못하고 한밤중에 뒷문을 두들긴 것이었다.

식구들이 며칠 동안 부산하게 움직여 엿을 고고, 떡도 빚고, 여러 가지 음식을 장만했다. 어린 나는 무슨 큰 잔치가 있나 보다 하고 한껏 들떠 있었다. 그런데 이게 웬일인가? 소달구지에 그 많은 먹거리를 다 싣고 식구들이 모두 떠나는 게 아닌가! 나는 어디 좋은 데를, 이를테면 잔칫집 같은 데를 나만 빼놓고 자기네끼리만 가는 줄 알고 발버둥을 치며 울고 또 울었다. 아침나절부터 해가 지도록 울부짖었다. 할머니가 눈깔사탕을 주시며 달래도 듣지 않고 막무가내로 울었다. 철들고 나서 들은 이야기로는 어려서 내가 신장염을 앓았기 때문에 가족들이 모두 피란길에 나설 때, 함께 떠나지 못했다고 한다. 신장염은 특히 추운 게 안 좋기에 어린 것이 눈길에서 큰일난다고, 할머니 할아버지가 적극적으로 말리셔서 나는 두 분과 함께 그냥 시골집에 남았다고 한다.

식구들이 떠나가고 며칠 안 되어 이상한 사람들이 우리 마을에 들이닥쳤다. 마을 사람들은 대개가 피란을 나가고, 우리처럼 아주 연로한 노인들이 계신 몇 집 말고는 동네가 거의 텅 비어 있었다. 그들은 우리 집 바로 아래, 앵두나무집에 진을 치고 어디선가 소를 끌고 와서 그 집 마당에서 소를 잡곤 했다. 꽤 여러 번 그랬던 것 같다. 그해 겨울에는 유난히 눈이 많이 왔는데, 그 이상한 사람들이 흰 눈이 쌓인 마당 한복판에 큰 나무판자를 갖다 놓고, 도끼로 후려쳐서 고기를 토막 내는 신기한 장면을 나는 무슨 서커스라도 구경하듯 재밌게 쳐다보며 서 있곤 했다. 도끼로 내려칠 때마다 고깃점이 튀어 올라 흰 눈 쌓인 마당 여기저기로 떨어지는 게 보였다. 나는 살금살금 돌아다니며 고깃점을 주워다가 우리 집 장독대에 있는 한 항아리에 모아 두었다. 큰오빠가 유난히 고기반찬을 좋아했기 때문에 오빠가 돌아오면 주고 싶었나 보다. (그런데 고기를 모으던 생각만 나고 피란에서 돌아온 오빠가 그 고기를 먹었는지는 전혀 기억이 나지 않는다.)

그렇게 떠났던 식구들이 돌아온 것이다. 나는 큰오빠에게 피란 이야기를 해달라고 졸랐다. 좋은 데를 다녀왔으니 재미있는 이야기가 많을 것 같았다.

오빠가 들려준 피란 이야기!

"눈이 펑펑 쏟아지는 어느 저녁에 우린 어떤 마을로 들어갔지. 마침 비어 있는 집이 있어서 그 집에 짐을 풀고 군불을 때고 밤에 잠이 들었는데, 자다 보니 방바닥에 몸이 꽉 붙어서 도무지 떨어지질 않는 거야. 그 집은 온통 엿으로 만든 집이었단다. 한번은 과자로 된 집에서 잔 적도 있었지. 잠결에 모르고 과자 기둥을 하나 빼먹었다가 과자 천정이 무너지는 바람에, 그 많은 과자를 다 먹어 치우고서야 겨우 그 집 밖으로 나올 수가 있었단다."

대충 이런 이야기를 피란 이야기라고 내게 해주었던 것

으로 기억한다. 오빠가 들려준 피란 이야기는 내가 들었던 첫 동화였던 것 같다. 그때 이미 오빠의 가슴 속에는 '이야기' 가 자라고 있었나 보다. 그때 내 나이는 대여섯 살, 오빠는 열두 살쯤 되었을 것이다. 1950년에 6 · 25전쟁이 터져 서울에 살던 우리 가족은 전쟁을 피해 경기도의 엄마 고향으로 내려갔고, 내가 기억하는 피란은 중공군이 인해전술로 밀고 내려온 1 · 4후퇴 때의 일이라는 것, 우리 마을에 쳐들어왔던 이상한 사람들은 바로 중공군이었다는 사실을 나는 철들고 나서야 알았다.

오빠는 늘 한국의 산하와 한국에 계신 부모님과 여동생들을 그리워했다. 한국에서 산 세월보다 더 많은 날들을 미국에서 살았는데도 오빠의 마음은 늘 이 땅에 있었다. 오빠의 1주기 때, 나는 오빠가 그동안 여기저기 발표했던 수필 70여 편을 모아 《잔남바위에 누워 별똥별을 세다》라는 제목의 유고 에세이집을 내드렸다.

고향은 영원한 그리움이다. …… 소년의 눈에 비친 산과 들과 강물이 제가끔 표정을 지닌 채 아직도 오래된 풍경화처럼 내 가슴에 걸려 있다. …… 떠나온 모천(母川)

이 그리워 거슬러 오르는 연어처럼 가을이면 더욱 그립던 고국의 산하 …… I left my heart in Korea.

오빠의 글 곳곳에 조국에 대한 그리움이 배어 나온다.

천국에서도 우리 오빠는 수필과 소설을 쓰고 있을 것만 같다. 천국에 가서 오빠를 만나면 그동안 써놓은 글부터 보자고 해야지! 오빠가 그립다.

산수유나무집 아이

경기도 여주 땅의 金沙面 梨浦里! 금빛 모래의 고장! 배꽃 피는 포구 마을! 참으로 시적인 이름을 가진 그곳을 나는 내 고향이라고 여긴다. 자신이 나고 자란 곳을 고향이라고 한다면, 사실 엄밀한 의미에서 이곳이 내 고향이 될 수는 없을지도 모른다. 나는 서울 종로에서 태어나 자라다가 다섯 살 때 6·25전쟁이 터지자 외가가 있던 이곳으로 피란을 갔기에 말이다.

우리가 살던 집을 사람들은 '산수유나무집'이라고 불렀다. 그 시절 우리 마을에서는 배나무집, 앵두나무집 이런 식으로 그 집에 사는 나무의 이름을 그 집의 옥호로 부르는 일이 많았다. 집은 어디에서나 볼 수 있는 평범한 기역 자의 작은 초가집이었는데, 집 울타리 주변에는 꽤 여러 그루의 산수유나무가 있었다. 산수유나무는 다른 어느 꽃나무들보다 일찍이 노란 꽃망울을 터트려, 이젠 겨울이 지나고 새봄이 왔다고 외치곤 했다. 산 넘어 뒷말로 이어지는 동네 맨 꼭대기 집이어서, 학교 운동장에서 올려다보면 우리 집은 마치 동화 속의 노란 꽃궁전처럼 화사해 보였다. 나는 어쩌다 산수유나무를 보게 되면 그냥 지나치지 못하고 살펴보는 버릇이 있는데, 지금껏 그때 우리 집의 산수유나무처럼 크고 우람하게 자란 산수유나무를 본 적이 없다. 아버지는 그중 잘생긴 산수유나무에다 내 그네를 매어 주셨고 이 그네는 나의 아지트가 되어주었다. 가을이면 빨간 열매로 뒤덮이던 산수유나무들. 언제 누가 이처럼 많은 산수유나무를 거기에 심었던 걸까? ('그들이 심어서 우리가 먹고, 우리가 심어 그들이 먹을 것이다'라는 아랍 속담이 떠오른다.)

사실 이 집은 콩팥 결핵을 앓다가 6·25전쟁이 터지기 얼마 전에 죽은 언니가 요양하던 집이었다. 언니가 떠나고 한동안 비어 있던 이 집이 고맙게도 우리의 피란 집이 되어주었던 것이다. 서울이 수복되고 다시 자리를 잡아가자 가족들은 모두 서울 집으로 돌아갔지만 나는 할머니와 단둘이 그냥 '산수유나무집'에 남았다. 서울 생활을 마다하신 할머니가 맏손녀인 나를 데리고 시골에서 계속 살고 싶어 하셨기 때문이다.

5학년에 올라간 어느 봄날, 서울에서 내려오신 아버지가 갑자기 할머니 앞에 무릎을 꿇고 앉으셨다. 경숙이가 곧 중학교 시험을 치러야 하니 이제는 서울로 전학을 시키게 해달라고, 아버지는 애걸하시다시피 할머니를 설득하셨다. 희미한 등잔불 아래 꿇어앉아 할머니께 호소하시던 아직은 젊으셨던 그날의 아버지 모습이 지금도 눈에 아련하다. 이렇게 하여 '산수유나무집'에서의 행복했던 나의 유년은 갑자기 끝이 나고 말았다. 그러나 나이 팔십을 바라보는 지금까지도 그곳에 대한 그리움을 떨쳐버릴 수가 없다.

일제강점기에 이 일대에서 沙金이 많이 나와서 金沙面이라는 명칭이 붙여졌다고 하는데, 내 마음속의 고향은 언제나 金沙面이 아닌 錦沙面으로 남아 있는 것 같다. 학교 아래 운동장을 지나면 곧바로 녹색 들판이 이어지고, 그 뒤로 곧이어 비단 모래밭이 펼쳐지고, 그 너머로는 언제나 맑고 푸른 물이 넘실대는 샛강이 흐르고 있었다. 여름이면 또래 친구들과 이 샛강에서 멱을 감으며 놀았다. 한여름 이글거리는 태양에 달궈진 부드러운 비단 모래 위를 몇 발만 걸어도 발바닥이 불에 덴 듯 뜨거워서 우리는 그만 비명을 지르며 물속으로 뛰어들곤 했다. 물이 깊고 숲도 검게 우거졌던 청둥소 쪽은 왠지 무서워서 가까이 가지 못하고, 물이 허리춤까지만 올라오는 냇가가 주로 우리의 놀이터였다. 샛강에는 물고기가 흔했던 것 같다. 사내아이들까지 한데 어우러져 물싸움도 하고 개헤엄을 치며 놀다 보면 어떤 때는 쏘가리 같은 작은 물고기가 내 발밑을 간질이며 말을 걸어오기도 했다. 나이가 꽤 들어서까지 나는 이 샛강에서 미역감던 꿈, 강바닥에서 작은 물고기가 내 발을 간질이던 꿈을 꾸곤 했다. 언제부터인가 그런 꿈이 도무지 꾸어지지 않았는데 그것은 내가 유년 시절의 순수함을 온전히 상실해버린 뒤가 아닐까 싶다.

12살에 서울로 떠나오기까지 그리 오랜 세월을 그곳에서 지낸 것도 아닌데, 지금까지 살아온 내 인생의 밑그림이 그곳에서 그려진 느낌이 든다. 티 없이 맑던 옥색 하늘, 온갖 그리움을 안고 떠돌던 흰 구름, 검은 밤하늘을 보석처럼 수놓던 별들, 숲속을 헤집고 흘러가던 바람 소리, 먼지 펄펄 나는 신작로 길, 햇살을 받아 은빛으로 빛나던 포플러나무 잎새들, 장마철이면 폭포수처럼 흘러넘치던 계곡의 푸른 물소리, 늦가을이면 새 옷으로 단장하던 작은 초가집들, 아낙네들 모여 속삭이던 우물가, 낮은 울타리 너머로 가난을 나누던 선한 이웃들, 저녁 먹을 때가 다 되어가도 헤어질 줄 모르던 예쁜 동무들……. 그곳에서 보낸 나의 유년은 그야말로 선물이요 축복이었으며, 평생 나를 지켜준 자산이었다. 어떤 장면들은 60년이 넘는 세월을 이기고, 지금도 또렷이 떠오르곤 한다. 교문 오른쪽으로 큰 벚꽃 나무가 있었다. 2학년 때던가? 연분홍 벚꽃잎이 눈발처럼 날리던 어느 날, 젊고 예쁘셨던 서희경 선생님은 그 나무 아래 깔아 놓은 거적때기에 우리를 앉히고 《백설공주》를 읽어주셨다. 선생님이 읽어주시던 이야기는 신비한 나라로의 초대 그 자체였다. 시골의 여느 아낙네들과는 달리 선생님한테서는 늘 옅은 분 냄새가 나곤 했는데, 그날따라 그 냄새가 그렇게 좋을 수가 없었다. 그날 나는 선생님처럼 되고 싶다는 푸른 소망을 어린 가슴에 심었던 것 같다. 40년 가까운 나의 교직 생활, 그 시원을 찾아가 보면 거기에는 예쁜 미소로 우리를 보듬으시던 서희경 선생님이 서 계시다.

그 당시 이포에는 닷새에 한 번씩 장이 섰는데, 할머니는 별로 살 물건이 없어도 장날이면 꼭 흰 명주 두루마기를 차려입으시고, 예쁜 꽃들이 수놓아진 검은 조바위를 쓰시고 장터에 가시곤 했다. 가끔은 장에서 《장화홍련전》, 《춘향전》, 《콩쥐팥쥐》 같은 책들을 빌려 오시기도 했다. 그런 날이면 의례 동네 할머니 몇 분이 저녁에 우리 집으로 마실을 오셨고, 나는 등잔불 심지를 돋워가며 할머니들을 위해 이야기책을 큰 소리로 읽어내려가야 했다. 우리 할머니는 내가 낭랑한 목소리로 또박또박 실감나게 이야기책을 낭송하는 걸 큰 자랑으로 여기시는 듯했다. 텔레비전은커녕 라디오도 없던 그 시절에, 시골 할머니들 사이에서도 문화와 문학에 대한 욕구가 이렇게 살아있었다는 게 참 놀랍고 귀하게 느껴진다.

서원 동네, 큰말, 근쟁이, 궁말, 뒷말, 수굿말, 새터 같은 자그마한 동네 이름들이 기억난다. 이들을 헤아리다 보니 갑자기 연못뜰이라는 이름도 떠오른다. 농지개혁으로 거의 모든 농지가 날아가고, 남은 몇 마지기 논이 거기에 있어서 가을에 새들을 쫓으러 몇 번 갔던 기억이 난다. 내가 살던 서원 동네는 산비탈에 스물 남짓한 초가집들이 옹기종기 들어서 있었다. 우리 집은 맨 꼭대기 집이라, 김명세를 비롯하여 뒷말에서 고개를 넘어오는 학생들은 꼭 우리 집 앞을 지나게 되어 있었다. 무명 보자기에 책들을 둘둘 말아서 어깨에 메거나 허리춤에 묶고, "야! 송사리! 학교 안 가?" 이렇게 내 별명을 부르며 쿵! 쿵! 쿵! 비탈길을 달려 내려가던 동무들의 힘찬 발걸음 소리를 다시 듣고 싶다.

지금 생각하면 내가 무척이나 조숙했던 것 같다. 4학년 때로 기억이 되는 어느 날 일이다. 나는 조용히 교장실 문을 노크했다. 교장 선생님께 여쭤보고 싶은 일이 있어 찾아뵈었노라고 하니, 어서 말을 해보라신다. "교장 선생님, 참 이상해요. 김명세보다 제가 공부를 더 잘하는데 왜 매년 그 애를 반장을 시키고 저는 부반장을 시키시는지 그게 참 이상해서 교장 선생님께 알아보려고 왔어요." 교장 선생님은 주름진 얼굴에 미소를 지으시며 말씀하셨다. "허허! 듣고 보니 그거참 이상한 일이로구나. 선생님도 왜 그런지 잘 모르겠네. 나도 좀 생각을 해볼 테니 너도 알아보도록 해라." 아무리 한 학년이 두 반밖에 안 되는 작은 학교라 해도 어린 여학생이 담임 선생님도 아니고 교장 선생님을 찾아가 따지듯 묻다니! 나도 참 대책 없는 계집아이였구나. 그 후 몇십 년이 흐른 후 그때의 김 교장 선생님이 행려병자로 거리를 헤매다 돌아가신 사실을 신문에서 읽고 얼마나 가슴이 아팠는지 모른다.

웅변대회에 나가 은컵을 타 온 일도 기억난다. 여주 군 내의 모든 초등학교의 대표들이 읍내의 어느 학교에 모여 웅변대회를 열었고, 여기에서 나는 우승을 차지한다. 뒤이어 인천에서 열린 경기도 대회에 여주 군 대표로 나가 1등 상으로 은컵을 받았다. 다음은 전국대회. 서울의 창덕여중에서 열렸던 이 대회에서는 3등 안에도 들지 못했다. 역시 높은 서울의 벽! "노세! 노세! 젊어 노세! 늙고 병들면 못 노나니!"로 시작해 "일하세! 일하세! 젊어 일하세! 늙고 병들면 일 못 하나니!"로 끝나던 나의 웅변. 그건 순전히 우리 아버지의 작품이었다. 그때는 왜 그렇게 웅변대회가 많았던지……

갑자기 서울로의 전학이 결정되었을 때, 나는 정든 동무들과의 멋진 작별을 계획하고 우리 집에서 연극을 하기로 했다. 〈꽃 파는 소녀〉라는 단막극! 어디서 그런 생각이 나왔을까? 혼자서 각본에서 연출까지 맡아 동무들과 며칠 동안 맹렬히 연습했다. 드디어 그날! 할머니의 커다란 행주치마를 두 개 횃대에 거니 훌륭한 무대가 만들어졌다. 출연할 동무들, 구경할 동무들이 모여들기 시작했다. 무언가 주전부리 거리를 들고 온 애들도 있었다. 그야말로 작별 파티다. 주흥식이라는 동무는 큼지막한 눈깔사탕을 꽤 여러 개 들고 왔다. 아! 눈깔사탕이라니! 그 시절 우리의 로망이 아니었나! 극이 막 시작되려는데 가게 아주머니가 큰 몽둥이를 들고 허겁지겁 우리 집으로 달려 들어오며 소리쳤다. "이 도둑놈아! 곤달걀을 가지고 와서 사탕을 바꿔가? 어서 냉큼 나오지 못해?" 어느새 동산으로 도망치는 흥식이. 내가 그를 본 것은 그때가 마지막이었다. 아마 골아서 못 팔게 된 달걀을 모르고 가게에 갖다 주고 사탕을 받아온 모양이다. 그 시절 우리는 돈이라는 걸 구경하기가 어려웠고, 집닭이 낳은 달걀을 모아서 간단한 물품과 바꾸곤 했다. 찢어지게 가난한 집, 더구나 의붓어머니 밑에서 온갖 설움을 받으며 살던 동무. 한 번 어깨 펴고 살아보지도 못하고 일찍이 저세상으로 갔다고 들었다. 정확히 64년이 지난 오늘도 네 이름을 슬프게 기억하는 친구가 있다는 사실에 위로받으며 영면하시라!

늘어가면서 나는 옛 고향 동무들을 찾고 싶었다. 그러나 오랜 세월 끊어졌던 인연들을 다시 찾는다는 게 어디 그리 쉬운 일인가! 모르는 도시의 미로를 헤매듯 애를 쓰다가, 우연히 한 친구의 연락처를 얻게 되면서 미로는 밝고 환한 큰 광장으로 나를 인도했다. 쏟아지는 옛동무들

의 전화. 다시 찾은 나의 유년! 노년 최고의 복은 친구 복
이라던데, 나는 애를 태우며 며칠 후에 있을 동창 모임을
기다리고 있다. 차암 조오타!

The Father

가을을 재촉하는 비가 추적추적 내리는 어느 오후 혼자서 영화 〈The Father〉를 보러 갔다. 원래 영화를 그리 즐기는 편도 아닌데, 벌써 오래전에 상영이 끝난 이 영화를 찾고 찾아서 보러 간 것은 순전히 '아버지'라는 영화 제목 때문이었다. 영화는 치매로 자신이 누구인지도 모르게 된 아버지와 딸의 이야기였다. 기억이 뒤엉킨 치매 환자의 시점으로 영화가 진행되다 보니 상당히 혼란스럽고 이해하기 버거운 대목도 많았다. 그러나 이 영화로 아카데미 남우주연상을 받았다는 대배우 앤서니 홉킨스의 연기만큼은 참 대단한 것이었다. 연기가 아니라 치매 걸린 할아버지 그 자체였으니 말이다. 그런 멋진 연기를 보면

서도 나는 줄곧 내 아버지와의 '그날'을 떠올리고 있었
다.

아버지는 양복을 차려입으시고 벽에 걸린 중절모를 내
려쓰시면서 큰 결심이나 하신 듯 "나가 보자!"고 하셨
다. 나는 서둘러 교복을 입고—학생들 대부분이 교복 말
고는 다른 외출복이 없었던 시절이었다—말없이 아버지
를 따라나섰다. 얼마를 걸어서 종로5가 골목길에 들어섰
을 때, 아버지는 서슴없이 어떤 스케이트 가게로 들어가
셨다. 아마 미리 보아둔 곳 같았다. "주인장 계십니까?"
하는 점잖은 목소리에 마흔을 갓 넘긴 듯한 남자가 튀듯
이 달려 나왔다. "이 애가 내 딸이오. 명문 K여고에 다니
고 있소. 학교에서 스케이트 타는 걸 가르친다고 스케이
트를 사 오라는데, 이 애비가 근자에 사업에 실패해 딸에
게 스케이트를 사줄 형편이 못되오. 돈이 마련되는 대로
찾으러 올 테니 이 시민증을 맡고 스케이트를 외상으로
줄 수 없겠소? 배움은 다 때가 있기에……." 아버지가 이
런 말씀을 하신 것으로 기억된다. 아버지의 말씀은 애걸
이나 비굴함 같은 건 전혀 끼어들 여지도 없이 자연스러

웠고 어떤 품격조차 느끼게 해주었다.

젊은 사장님은 "아! 그러시죠! 아! 그러시죠!"를 연발하면서, 어느새 내 발에 맞는 스케이트를 가져다 신겨보더니, 아주 흡족한 목소리로 "이것으로 하시죠, 아주 잘 맞네요." 하시지 않는가! 이렇게 해서 나는 무섭기로 소문난 그 체육 선생님 시간에 스케이트를 마련해 갈 수가 있었다. 너나 할 것 없이 어려웠어도 인정과 믿음이 살아있던 1962년의 일이다.

그즈음 우리 집안 형편은 정말 말이 아니었다. 아버지가 하시던 작은 사업들이 연이어 실패로 끝났고, 엎친데 덮친 격으로 사기까지 당했기 때문이다. 고대광실까진 아니어도 제법 품위를 갖춘 종로 집을 빼앗기고 길바닥에 나앉을 상황이 된 것이었다. 그래도 불행 중 다행으로, 우리에게 사기를 친 사람이 사 놓은 동대문 밖 용두동에 거처를 장만할 수 있었다. 그때만 해도 신설동에 비행장이 있었고 그 옆 동네인 용두동은 허허벌판이나 다름없는 곳이었다. 아내와 삼 년 터울의 여섯 남매에다가 노망이 나셔서 진지를 드시고 돌아서면서 또 밥을 달라고 난리를 치시는 늙은 어머니, 거기다 동생네 집안까지 돌봐야 하셨던 아버지의 고통이 어땠을까!

당시 열 살도 안 된 막내는 또래들과 놀다가도 수시로 집에 들어와 쌀독 뚜껑을 열어 보곤 했다. 비가 오는 날이면 우산 경쟁에 밀려서 할 수 없이 양회 부대를 뒤집어 쓰고 학교에 가기도 했다. 제일 잊지 못할 일은 아침밥으로 술지게미를 먹고 입학 시험장에 갔던, 바로 밑에 동생이 명문 중학교에 전교 2등으로 합격했던 일일 게다. 내가 고등학교에 입학한 후 첫 소풍 날 아침에는 아침밥도 학교에 갈 버스비도 없었는데, 마침 같은 고향에서 올라와 가발 공장을 다니던 친구에게서 차비를 융통해서 결석만은 면할 수가 있었다. 그 시절은 우리나라가 가발 수출로 먹고살던 때였고, 우리 또래의 여자아이들은 상급 학교에 진학하는 대신에 가발 공장을 택하는 경우가 많았다.

이런 상황에서 아버지는 우리 네 명의 딸 중에서 최소 두 명 정도는 가발 공장으로 보내 당장의 호구지책으로 삼을 만도 했을 터인데, 우리 아버지는 남다른 선택을 하셨다. 직접 붓글씨로 福德房이라고 쓴 종이를 관철동 어느 전봇대에 붙여 놓고 그 옆에 의자 한 개를 갖다 놓고 앉으셔서 비즈니스를 시작하셨던 거다. 당시 아버지 연세가 거의 예순을 바라보실 때였다. 하늘이 도우셔서 아버지의 일은 놀라운 속도로 번창했고 몇 년 안 가서 명동에다가 '서울부동산'이라는 회사를 차리게 되셨다. 당시에 널리 쓰이던 복덕방이라는 명칭을 버리고, 부동산이라는 용어를 쓴 첫 사람이 아마도 우리 아버지일 것 같다. 좌절해서 쭈그리고 앉아 눈물짓는 이가 있다면 나는 "여기! 이 사람을 보라!"라고 말하고 싶다.

나의 아버지 운암(雲巖) 선생은 1907년 경기도 여주군한 촌락에서 빈농의 아들로 태어나셨다. 역사책을 찾아보니 아버지가 태어나신 해는 경술국치(1910) 바로 몇 해전으로, 대한제국 군대가 해산되고 헤이그 밀사 사건이 있던 해였다. 3년 동안 동네 서당에서 한학을 공부하시고당시 새로운 교육제도였던 보통학교(현재 초등학교)에들어가셨다고 한다. 한학으로 문리를 터득하고 나이가제법 들어 보통학교에 들어갔으니 당연히 성적이 좋았을 수밖에 없었으리라. 학교를 졸업한 후 교장 선생님의 추천으로 왕실 친위대에 들어가셨으나 얼마 되지 않아 그마저 해산되자 아버지는 청운(靑雲)의 꿈을 안고 중국 운남성으로 들어가셨다고 한다. 거기서 아버지는 성 정부 청사 앞에서 대서업을 시작하셨다. 젊은 시절, 우편으로 책을 받아서 꾸준히 법률 공부를 해오셨고 거기다가 뛰어난 한문과 일어 실력이 큰 자산이 되었을 것이다. 이렇게 해서 자리를 잡은 다음에 연초 사업을 하셔서 큰 재산을 모으시고, 운남성의 거류민 단장까지 맡아 하시게 되었다고 한다. 동양 사회에서 사람을 판단하는 오랜 기준이 되어온 신수와 말씨, 글씨와 판단력을 보는 소위 신언서판(身言書判)이 아버지의 성공을 도왔으리라.

수월찮은 재산을 들고 조선으로 돌아온 아버지는 당신과 아내의 고향 마을에 많은 농지를 장만하셨지만, 이 땅들은 1950년에 이승만 정부가 단행한 농지개혁으로 다 날아가버리고 말았다고 한다. 농지개혁은 공산주의 세력이 농민들을 파고드는 것을 막고, 농민들이 자신들의 염원이었던 자기 땅을 소유해 생산성을 높이고, 자립적인 경제 기반을 갖추기 위한 불가피한 결정이었을 것이다. 나는 아버지의 선택을 이해한다. 가난한 소작농의 효자 아들이 달리 무슨 생각을 할 수 있었으랴! 우리 어머니는 시골 땅만 사지 말고 서울에다가도 땅을 사야 한다고 적극적으로 주장하셨지만, 아버지와 할아버지의 결정에 따를 수밖에 없었다고 평생을 두고 이를 아쉬워하셨다. (여기서도 중요한 두 가지 진리를 알 수 있는데, 투자에서 몰빵은 금물이고, 자고로 남편은 아내의 말을 들어야 한다는 것이다.)

105년이 넘게 살다가 가신 우리 아버지의 일생을 내가 이렇게 상세히 기억하고 있는 것은, 돌아가시기 얼마 전부터 내가 아버지를 찾아뵐 때마다, "참! 잘 살았다. 언제 죽어도 여한이 없다"고 하시면서, 자신이 살아온 이야기를 들려주셨기 때문이다. 메모라도 해둘 것을……. 아버지는 이대로 몇십 년이고 사실 것만 같아서 아버지 말씀을 대강 흘려들은 게 후회된다. 그때 아버지께 들은 이야기가 또 하나 생각난다.

해방되기 전 중국 운남성에 계실 때 일인데, 여관비를

못 내서 오도 가도 못하고 여관에 붙잡혀 있는 조선인들이 많았다고 한다. 아버지가 이들의 여관비를 청산해주고 고향으로 돌아갈 여비를 마련해주신 일이 여러 번 있었다고 하셨다. 관철동에 의자 하나 놓고 복덕방 영업을 시작한 지 얼마 안 된 어느 날, 한 거지 노파가 길을 물어 왔는데, 그 몰골이 너무 불쌍해서 자신도 모르게 주머니에 있던 돈 전부인 200환을 내주었다고 한다. 그런데 바로 그날 저녁때에 갑자기 골목에 돌풍이 불면서 지폐 두 장이, 점심도 거르고 힘없이 앉아 있는 아버지 앞에 와서 멈추더라는 신기한 이야기도 들은 기억이 난다. 일제강점기, 광복 후의 혼란기, 6·25사변 등 모진 역사를 살아오시면서도 아버지 마음속 어딘가에 선한 사마리아인이 함께했다는 사실에 감사할 뿐이다.

우리 아버지는 언어에 소질이 있으셨던 것 같다. 중국어도 좀 하셨고, 일본어는 정말 능통하셨던 것 같다. 서울역에서 기차를 타고 중국으로 가시는데, 옆에 앉은 일본인이 아버지를 같은 일본인으로 알고 "조선 사람은 더럽다, 무지하다"며 계속 조선인 흉을 보는데, 아버지는 아무 대꾸도 하지 못하고 듣고만 있었다고 한다. 기차가 신의주역에 도착했을 때, 새로 올라온 어떤 승객이 손으로 코를 힝 하고 풀더니 아버지 좌석 등받이 수건에다가 닦으려 하자, 아버지한테서 얼떨결에 "에끼! 이 사람아!" 소리가 나갔다고 한다. 그러자 옆자리의 그 일본인은 얼굴이 벌게지더니 슬그머니 어디로 가버리고 다시 나타나지 않았다고 한다.

또 하나 재미있는 아버지와의 추억 하나! 아버지의 100세 생신 때의 일이다. 미국에 사는 두 아들의 가족들이 총출동해서 축하하러 나온다는 소식을 들으시자, 아버지는 대뜸 "그럼 내가 영어를 좀 공부해야겠구나!" 하시는 게 아닌가! 웬 영어?! 손녀사위가 미국인이니 그와 소통하려면 자신이 영어를 배워야겠다는 말씀이셨다. 벽에 걸린 긴 달력을 한 장 뜯어서 그 뒷면에다가, 영어 잘하는 동생이 아주 긴요하게 쓰일 말들을 한글로 스무 문장 정도 써 드렸다. 그때부터 100세 할아버지의 맹렬한 영어 학습이 한 달 넘게 이어졌다. 자신만의 독특한 억양의 영어로 손녀사위를 환영하시던 그 유머러스한 모습! 우리 아버지는 그런 분이셨다.

아버지는 돌아가시기 바로 전까지도 늘 책을 읽으셨다. 신문을, 성경을, 한문 서적을 돋보기에 확대경까지 들이대시며 늘 무언가를 읽으셨다. 하버드 졸업장보다 독서하는 습관이 중요하다는 말이 있다. 대학 공부는 몇 년으로 끝나지만, 독서의 습관은 한평생을 배워가는 사람으로 살게 하기 때문이다. 내가 가장 사랑하는 우리 아버지의 모습이다. 아버지가 그립다.

Story of my life
구원은 들음에서

밤낮으로 애간장이 타고 있었다. 저녁이면 지쳐서 귀가
하시는 아버지의 힘없는 어깨가, 그날도 여전히 돈을 변
통하는 일이 여의치 않았음을 말해주곤 했다. 드디어 등
록 마감일이 왔다. 나는 오전 내내 갈피를 잡지 못하고
대문 앞을 서성이면서, 누군가 나를 찾아오는 사람이 없
나 살펴보았지만 허사였다. 점심도 먹는 둥 마는 둥 하고
다시 문밖에 나가 두리번거리고 있는데, 갑자기 군용 지
프차 한 대가 우리 집 앞에 멈춰 섰다. 군인 한 분이 차
에서 내려 내 이름을 대며 이 학생이 사는 집이 맞느냐고
묻는다. 응답이 온 것이다.

그보다 한 달쯤 전이었다. 먼데 사시는 고모님이 어렵사리 우리 집을 방문하셨다. 등록금 마련이 어떻게 되어가는지 걱정이 되어서 오셨다고 했다. 고등학교에 진학하는 나뿐만 아니라 큰오빠는 대학에, 내 바로 밑에 여동생은 중학교에 진학하게 되어 입학등록금을 한꺼번에 마련해야 하는 우리의 처지가 답답하여 찾아오셨지만, 우리랑 살림 형편이 비슷한 고모님이 무슨 도움을 줄 수 있으랴! 그런데 고모님이 뜻밖의 말씀을 해주셨다. 지금 최고회의 박정희 의장의 부인이신 육영수 여사께서 어려운 사람들을 위해서 많은 일을 하신다는 말을 들었다며, 그분께 도움을 청해보는 게 어떻겠냐는 말씀이었다. 나는 그날 밤으로 육영수 여사께 간곡한 편지를 썼다. 아버지의 사업 실패로 가정형편이 어려워져 최고 명문 여학교에 합격하고도 등록하지 못하고 있는 사정을 말씀드리며 도움을 청했다.

나를 태운 지프차는 쏜살같이 달려 최고회의 건물로 들어갔다. 광화문 미국대사관 바로 옆이었다. 그들은 내게 점심을 대접해주었는데, 난생처음 먹어보는 보기에도 화사한 음식이었다. 뒤에 알고 보니 오므라이스라고 했다. 등록 마감 시간인 오후 5시까지는 아직 시간이 좀 남아 있었지만 내 마음은 무척이나 조급했다. 밥 같은 건 안 먹어도 되니 한시라도 빨리 학교로 달려가 등록을 맞춰 주었으면 하는 마음이 간절했지만, 그들은 처리할 일이 많은지 부산하게 움직이며 계속 나를 초조하게 기다리게 하는 것이었다.

우리 지프차가 학교에 도착했을 때는 이미 마감 시간이 지나고 교문은 굳게 닫혀 있었다. 차에서 뛰어내린 군인 아저씨가 수위에게 뭐라고 한마디 하자, 철벽처럼 닫혀 있던 철문이 순식간에 활짝 열렸다. 모세 앞에 열렸던 홍해의 기적 같았다. 서무실인 듯한 방에 들어서니 뜻밖에도 우리 아버지가 직원 선생님에게 등록금을 받아달라고 통사정을 하는 중이셨다. 어디서 급전을 얻어 달려오셨는데 등록 절차가 이미 끝났던 모양이다. 그 절망의 순간에, 당시 나는 새도 떨어트린다는 최고회의에서 도와주러 나온 군인을 본 아버지의 마음이 어땠을까? 이렇게 해서 나는 가발공장행을 면하고 어엿한 명문 여고의 학생이 될 수 있었다. 우리나라가 가발 수출로 살아가던 때여서, 학교에 못 가는 내 또래 여자애들은 거의 가발공장을 다니며 돈을 벌던 시절이었다.

고등학교 3년은 우리 집 살림이 그야말로 나락으로 떨어진 시기였기에 내게는 힘들고 어두운 세월의 연속이었다. 때로는 교통비가 없어서 수업에 지친 몸으로 먼 길을 걸어서 집으로 돌아가기도 했지만, 그보다 더 괴로운 것은 학교의 분위기였다. 따뜻한 심장보다는 명석한 두뇌가 훨씬 높게 평가되는 살얼음판 같았다. 그때는 고교 과정인 사범학교만 나오면 초등학교 교사가 되던 시절이었다. 그런데 갑자기 교육대학이 신설되면서 사범학교가 없어지는 사태가 벌어졌다. 서울 사범 병설 중학교에서 교사가 되는 꿈을 키우며 선생님들의 인정과 친구들의 사랑 속에서 꿈처럼 행복한 학창 생활을 보냈던 내게는 이 명문 여고의 분위기가 정말 질식할 것만 같았다. 학생들은 모두 유복해 보였다. 아무개 장관, 아무개 국회의원의 딸이라는 애들도 허다했다. 철들고 나서 만나, 마음을 열고 대화를 해보면 나처럼 형편이 어려웠던 애들도 꽤 많았는데, 사춘기 소녀의 눈에는 나만 불우하고, 다른 학생들은 다 유복한 것으로 보였다. 수업 시간 가운데 제일 힘든 것은 청음 시간이었다. 음악 시간에 선생님이 눌러주시는 피아노 소리를 들으며 악보를 적어가는 청음 시간은 내게는 끝없는 지옥을 헤매는 시간이었다. 별 불평 없이 다들 잘 따라가는 걸 보면 어려서부터 피아노 공부를 한 학생들이 많은 것 같았다.

한 번은 내 짝이 자기 집에 가자고 했다. 별생각 없이 따라갔는데, 명절에나 먹어보던 맛난 음식을 정성으로 대접해주셨다. 마치 무슨 큰 손님을 대접하는 것처럼 느껴졌다. 참으로 인자해 보이시는 아버지께서 "우리 애가 네 얘기를 많이 해서 꼭 만나보고 싶었다"는 말씀도 하셨다. 식사 후에는 아버지께서 우리를 위해 직접 피아노를 쳐주셨는데, 나에게는 무척이나 큰 충격이었다. 그때까지 나는 피아노라는 건 학교 같은 데만 있는 거라고 여겼는데, 아버지가 피아노를 쳐주시다니! 그저 놀라울 뿐이었다. 집으로 돌아갈 때는 집 울타리에 흐드러지게 피어 있는 덩굴장미로 큰 꽃다발을 만들어 내 손에 들려주시기도 하셨다. 그때 그 짝꿍하고는 팔십을 바라보는 오늘까지 서로가 든든한 인생의 버팀목으로 귀한 우정을 이어오고 있다.

힘들고 우울했던 고등학교 시절에서 기쁘고 뿌듯했던 일이 딱 한 가지 생각난다. 2학년 때 교내 기자 시험에 선발되어 교지를 만들던 일이다. 한국 최초의 여기자로서 일제에 맞선 여성 언론인이자 여성 운동가였던 추계 최은희(1904-1984) 선배를 수색 근처의 자택으로 찾아뵙고 그분에 관한 기사를 썼다. 고고한 인품에 크게 감명받았던 기억이 난다. 조선일보사는 최은희 여기자상을 제정하여 올해까지 40회에 이른 것으로 안다. 그리고 영인문학관 관장이신 강인숙 선배님의 부군 되시는 이어령(1934-2022) 선생을 당시 그분이 일하시던 신문사로 찾아가 인터뷰했던 일도 기억에 새롭다. 그즈음 이 선생님은 《흙 속에 저 바람 속에》 등의 역작을 연이어 발표하면서 1960년대 한국 문단에 돌풍을 일으키고 계신 분이었다. 그 시절, 남자의 옷이라고는 생각하지도 못했던 빨간 티셔츠를 입으시고, 내게도 소리가 들릴 만큼 소리를 내어 껌을 씹어가며 특유의 달변을 쏟아 놓으시던 젊은 날 그분의 모습이 눈에 선하다.

학교생활에 제대로 적응도 하지 못한 채 어느덧 고교 졸업과 대학 입시를 바라보게 되었지만, 집안 사정은 전혀 나아지지 않았다. 대학생이 되기는 애초에 글러버린 것 같았다. 여자가 꼭 대학에 가야 하는 사회 분위기도 물론 아니었다. 고3이 되기 직전의 어느 날, "외대라는 학교가 있는데 특수 외국어 학과가 많아서 일등으로 들어가 일등으로 나오기만 하면 교수가 된다더라"는 말을 어느 분에게서 들었다. 그저 지나가는 말이었다. 그러나 나는 다음날 물어물어 한국외국어대학교를 찾아갔다. 교수연구실을 돌며 몇 분의 교수님께 학교의 비전과 새로운 학과가 생길 가능성에 관해 의견을 구했지만, 별 신통한 답을 얻지는 못했다. 그냥 빈손으로 돌아가려니 가슴이 답답해 총학생회를 찾아 들어갔다. 혹시 총학생회 간부들은 뭔가 학교 발전에 대한 확실한 정보를 갖고 있지 않을까 해서였다. 아니나 다를까! 총학의 부회장이라고 밝힌 남학생이 "올해는 말레이 인도네시아어과가 신설되었고, 무슨 과가 될지는 모르지만 내년에도 분명 새로운 외국어 학과가 신설될 것"이라고 말해주었다. "됐다! 여기에 내 길이 있다!"

1965년 나는 한국외국어대학교의 아랍어과 학생이 되었다. 아랍 중동지역과의 외교 관계를 염두에 둔 정부의 강력한 권고로 급하게 아랍어과가 신설되었다는 이야기를 들었다. 학과가 개설되었을 뿐 준비는 전혀 안 된 상태였다. 우선 가르칠 사람을 구하는 것이 급선무였다. 신문에 낸 광고를 보고 총신대 교수 한 분이 학교로 연락해 왔다고 한다. 그분은 미국에서 신학을 공부하면서 히브리어와 같은 셈어족에 속하는 아랍어를 제2외국어로 선택하셨다고 한다. 그 당시로서는 그분이 아랍어를 접해본 유일한 한국인이셨을 것이고, 그분이 가진 얄팍한 프린트교재가 유일한 아랍어책이었다. 제대로 된 교수진도, 제대로 된 입문서도 없이 세계적으로 가장 어려운 언어의 하나인 아랍어 공부를 시작했던 거다. 아랍연맹 회원국인 22개의 아랍 국가에서 공용어로 통용되는 문어체 표준 아랍어와 각 지역의 구어체 아랍어와의 개념이나 그 차이도 모르는 채 이집트에서 교수가 오면 카이로 구어체 아랍어를, 이라크에서 교수가 오면 바그다드 구어체 아랍어를 배우는 식이었다. 3학년이 다 되어서야 표준 아랍어를 제대로 공부한 오스트리아 출신의 여교수가 나타났고, 몇 권의 교재도 확보가 되었다. 책이 한 권 구해지면 학우들이 돌려가며 필사해 자기 교재를 만들었다. 지금 생각하면 중세 암흑기에 버금가는 답답한 세월이었다. 이런 형편에서 무엇을 제대로 배웠겠는가.

어쨌든 4년을 장학금으로 공부하고 1등으로 졸업을 하면서 소위 시간강사가 되었다. 실력이라고는 아랍어 문법 체계를 좀 이해하는 정도였을 것이다. 가르치는 것만큼 좋은 공부는 없는 것 같다. 밤잠을 자지 않고 다음날 가르칠 것을 공부했다. 아이를 등에 업고, 발로는 빨래를 밟아 빨면서도 아랍어책을 손에서 놓지 않았다. 교재에 만약 '이문동'이라는 단어가 나온다면 이문동뿐만 아니라 동대문구, 서울특별시, 대한민국, 극동, 지구. 이런 식으로 범위를 넓혀가며 다음날 강의 준비를 해야 했다.

그러던 어느 날 시청각실에서 연락이 왔다. 원장님을

비롯한 원로 교수 몇 분이 둘러앉아 있었고, KBS에서 나온 분이 녹음해 온 북한의 아랍어 방송을 틀었다. 방송을 듣고 그 내용을 말해달라는 것이었다. 내가 아랍어 방송을 들어본 건 그때가 처음이었다. 여러 번 반복되는 '남한'이라는 단어밖에는 단 한마디도 알아들을 수가 없었다. 여러 사람 앞에서 느꼈던 그 수치심이란! 지금도 그 순간을 생각하면 모골이 송연해진다. 집으로 돌아오는 길에는 아무 전봇대에나 머리를 치받고 죽고 싶었다. 정말 죽고 싶었다. 그날 밤 결심했다. 죽고 싶다면 죽을 각오로 공부하자!

1980년 요르단대학으로 유학을 떠났다. 35세의 나이에 어린 두 아들을 남겨두고 아랍어를 공부하러 먼 길을 간 것이다. 두 아들 생각에 기숙사 방에 제라늄 화분 두 개를 가꾸며, 시간을 저울에 달아서 쓰면서 공부에 매진했다. 아랍어의 참맛을 깨달아 가는 시간이었다. 아들 생일이 돌아왔다. 학교 수업도 빠지고 시내에 있는 중앙전신전화국으로 갔다. 당시에는 요르단에서 파리로, 파리에서 서울로 연결이 되어야 통화가 가능했는데, 교환원이

종일을 시도해도 연결이 되지 않았다. 끝없이 쏟아지는 눈물을 참으며 학교 기숙사로 돌아오는 길은 멀고도 멀었다.

40년 가까운 세월을 아랍어와 아랍 문학을 가르치는 축복을 누렸다. 나는 내 일을 정말 소중히 여기고 사랑했다. 다시 태어나도 나는 아랍어 선생이 되고 싶다. 그 어려운 아랍어를 쉽고 즐겁게 가르치는 그런 선생이 되고 싶다. 구원은 복음을 듣는 데서 출발한다고 기독교 신앙인들은 말한다. 내 경우가 그랬다. 그야말로 우연히 지나가는 말들을 들음으로써 불가능해 보였던 고교 진학과 대학 선택의 문이 열렸던 거다. 뒤돌아보면 내게 일어난 우연들은 모두가 하나님의 필연이요, 계획이고, 섭리였음을 깨닫는다. 감사가 넘친다.

예수쟁이가 되다

가끔 내게 어떻게 해서 크리스천이 되었는지를 묻는 분들이 있다. 원래 기독교 집안에서 성장한 것도 아니고, 게다가 내가 아랍 문학을 전공하다 보니까 이슬람 신자가 되었을 확률도 꽤 있어 보이는 모양이다. 그때마다 내가 그분들께 들려주는 이야기가 있다.

1972년의 깊은 겨울이었다. 당시 방 한 칸으로 시작된 우리의 신혼살림은 아기가 생기자 어쩔 수 없이 두 칸 전세로 불어났다. 한 칸은 부엌이 달려 있어서 육아와 살림방으로, 다른 한 칸은 우리 두 부부의 공부방으로 쓰고 있었다. 방 둘이 나란히 붙어 있는 게 아니라 주인집 안방과 거실을 사이에 두고 마당 양쪽으로 떨어져 있었다.

내가 강의를 나가야 하니까 시댁에서 먼 친척뻘 되는 처녀를 보내주셔서 아기를 돌보고 살림도 도와주고 있었다. 그녀가 아기를 데리고 먼저 잠이 들면, 내가 밤늦게 공부를 끝내고 마당을 가로질러 살림방으로 와서 아기와 함께 잠을 자곤 했다.

그러던 어느 날 밤이 깊도록 공부방에서 강의 준비를 하고 있었는데, 찬바람이 무섭게 휘몰아치더니 갑자기 아기 우는 소리가 들렸다. 아기 우는 소리가 꽤 오래 계속되었는데도 그 소리가 내 아이가 우는 소리인지, 아니면 옆집 아이의 울음소리인지 얼른 구별되지 않았다. 서민 가옥들이 다닥다닥 붙어 있다 보니 마당 건너 내 아들의 울음소리보다 바로 옆집 아이의 울음소리가 더 크게 들릴 수도 있었을 것이다.

그날 밤부터 나는 자신에 대한 깊은 회의에 빠지게 되었다. 어미가 되어서 자기 자식이 우는 소리와 다른 집 애의 울음소리도 구별할 수 없다니! 이 세상에서 내가 알고 있다는 것들이 얼마나 어설프고 불완전할 것인가! 그 당시 나는 내가 꽤 잘난 인간이라고 믿고 있었던 것 같다. 원하던 사람과 결혼해서 첫아들을 낳았고, 그토록 바라던 대학의 전임교수가 된 해였으니 나름 기고만장해 있었는지도 모르겠다. 그날 밤의 일은 무엇보다도 내게 '너는 너무도 불완전하고 부족한 존재, 절대자의 도움이 필요한 존재'라는 점을 강하게 인식하게 했고, 그로부터 종교에 대한 진지한 관심이 시작되었다.

가톨릭, 불교, 개신교 등 여러 종교의 입문서를 닥치는 대로 읽었다. 아무래도 내 마음에는 불교가 내 체질에 제일 잘 맞는 것 같았지만, 불교는 종교라기보다는 철학이 아닌가 하는 생각도 들었다. 나는 고등학교 시절 한 일년 교회를 나간 적이 있었다. 사실 신앙심을 가지고 교회에 다녔던 것도 아니고 동네 친구들 권유로 남학생들 만나는 재미로 교회를 들락거렸을 뿐이다. 그런데 교회의 고등부 담당 전도사가 우리를 위해 기도하던 모습이 내 마음에서 떠나질 않았다. 내 마음이 불교에 기울수록 이름도 기억에 없는 그 전도사님이 우리 고등부가 사용하던 그 비좁고 어두컴컴한 방에서 우리를 위해 비지땀을 흘리며 기도하시던 모습이 끝까지 나를 잡고 놓아주지 않았다. 결국 1974년 나는 세례를 받고 정식 예수쟁이가 되었다.

나는 기독교인이나 크리스천이라는 세련된 말보다는 투박하더라도 예수쟁이라는 말을 좋아한다. 사실 한국 기독교와 기독교인들이 한국 사회에 크게 기여하고 분명한 족적을 남긴 시기는 그들이 예수쟁이로 불리던 시절이 아니었나 싶다. 그러나 오늘의 현실은 어떠한가? 2022년 현재 개신교 신자는 국내 인구의 20퍼센트로 종교인 인구 1위를 차지하고, 5만7천여 개의 교회(2018년 통계)를 가지고 있다. 불교는 17퍼센트, 천주교는 11퍼센트라고 한다. 한국에서는 기독교라는 명칭을 개신교에 한정해서 쓰는 경우가 많지만, 천주교까지 합친다면 전 국민 세 명 중 한 사람이 기독교인이다. 그러나 우리 기독교가 현재 한국 사회에 어떤 임팩트를 갖고 있는가? 교회가 사회를 걱정하는 것이 아니라 우리 사회가 교회를 걱정하고 있다는 말도 들린다. 참으로 참담한 일이다. 한국 기독교가 새롭게 거듭나서 예전처럼 우리 사회에 중추적 역할을 할 날이 다시 오기를 바라는 염원에서도 나는 예수쟁이라는 말을 사랑한다.

물론 예수쟁이라는 말은 기독교 신자를 낮춰 부르는 말이다. 마치 히브리 사람들이 나사렛을 '노츠리'(Notzri)로, 그리스도인들을 '노츠림'(Notzrim)이라고 비하해서 부르고, 이슬람 신자들이 그리스도인들을 '나사렛 사람들'이라고 낮춰 부르는 것처럼 말이다. 이렇게 된 데는 연유가 있다고 한다. 예수님 당시 나사렛 인근에 로마의 수비대가 주둔하고 있어서 로마 군인들이 자주 나사렛 거리를 휩쓸고 다니면서 못된 짓들을 일삼았기에 나사렛을 비하하는 말이 생기게 되었다고 한다. 성경에도 "나사렛에서 무슨 선한 것이 날 수 있느냐"는 말이 있지 않은가.

다시 예수쟁이라는 말로 돌아가자. '-쟁이'는 어떤 성질을 많이 가지고 있는 사람, 그것이 나타내는 속성이나 습관을 많이 가진 사람이라는 뜻을 더하는 접미사라고 사전은 일러준다. 멋쟁이, 욕쟁이, 욕심쟁이, 변덕쟁이, 말썽쟁이, 방구쟁이, 허풍쟁이, 떼쟁이, 무식쟁이, 겁쟁이, 고집쟁이 등이 그런 예가 될 것이다. 이뿐만 아니라

'-쟁이'는 그것과 관련된 일을 직업으로 하는 사람, 즉 그 방면의 전문가를 낮잡아 이를 때도 쓰인다고 한다. 그림쟁이, 글쟁이 등이 여기에 해당된다.

그렇다면 예수쟁이라는 말은 예수의 성질을 많이 가지고 있는 사람, 예수 전문가라는 뜻이 될 것이다. 이 얼마나 좋은 말인가! 이보다 영광된 이름이 어디에 있겠는가! 나는 기꺼이 진정한 예수쟁이가 되어, 예수의 속성을 더 많이 가진 예수 전문가가 되기를 날마다 소망한다. 그렇다! 나는 예수쟁이다! 내가 공부한 아랍어에서는 상대방의 종교를 물을 때 직접적으로 묻기보다는 "당신의 책은 무엇입니까?"라는 우회적인 표현을 즐겨 쓰는데, 성경이 나의 책이 된 은혜에 감사한다.

미국인들이 가장 존경하는 링컨 대통령이 정식 학교 교육을 받은 것은 1년에 불과하다고 한다. 그는 성경에 손을 얹고 대통령 취임 선서를 한 후 "내가 대통령이 된 것은 이 책 때문"이라고 고백했다고 전해진다. 링컨은 그의 나이 열 살 때 돌아가신 어머니의 유언을 이렇게 기억한다.

"아들아, 이 성경책은 내 부모님께 받은 것이다. 내가 여러 번 읽어 낡았지만 우리 집의 값진 보배다. 엄마는 너에게 100에이커의 땅을 물려주는 것보다 이 한 권의 성경을 물려주는 것을 더 기쁘게 생각한다. 너는 성경의 사람이 되어다오. 그리고 하나님과 이웃을 사랑하는 사람이 되어다오. 이것이 나의 마지막 부탁이다."

메타세쿼이아

메타세쿼이아라는 나무를 처음 알게 된 것은 김연수의 소설집 《세계의 끝 여자친구》에 실린 동명의 단편소설에서였다. 2009년쯤으로 기억된다.

시인이 걸어가는 길의 끝에는 메타세쿼이아 한 그루가 서 있다. 시인에게는 세상의 끝까지 데려가고 싶을 정도로 사랑하는 여자친구가 있다. 그러나 그녀는 다른 남자의 아내다. 두 사람이 가장 멀리까지 가본 게 고작 호수 건너편 메타세쿼이아 나무까지다. 그 메타세쿼이아 나무가 둘이 함께 갈 수 있었던 세계의 끝이었던 거다. '불과 눈물이 서로 스미듯이, 혹은 달과 무지개가 그러하듯이' 두 사람은 메타세쿼이아 거친 둥치에 함께 등을 기대어

앉곤 한다. 그러나 불치의 병은 시인을 쓰러트리고, 시인은 이 메타세쿼이아 나무 밑에 연인에게 보내는 편지를 묻고 세상을 하직한다. 〈세상의 끝 여자친구〉라는 시의 내용이다.

'호수를 바라보며 서 있는 메타세쿼이아 한 그루'

조금은 난해해 보이는 구조의 이 작품에서 주인공 '나'는 '호수를 바라보며 서 있는 메타세쿼이아 한 그루'라는 이 한 구절에 마음이 끌려 《메타세쿼이아, 살아있는 화석》이라는 책을 찾아 읽는다. 이 책에 의하면 메타세쿼이아는 백악기에 공룡과 함께 살았던 나무다. 그러나 빙하기를 거치면서 멸절해버려 오랜 세월 그 흔적을 찾아볼 수 없었다고 한다. 1943년에 중국의 나무 학자 왕잔이 충칭 근처의 모다오시(磨刀溪)라는 곳에서 높이가 35미터나 되는 엄청나게 큰 나무 한 그루를 발견한다. 주변 마을 사람들이 신의 나무, 소위 신수(神樹)라고 부른 이 나무가 바로 메타세쿼이아라는 사실은 1946년에 가서야 밝혀졌다. 1941년 일본 교토대학의 미키 박사가 화석으로 발견했던, 지구에서 사라졌다고 알려진 이 나무가 기적적으로 생환해 인류에게 돌아온 것이다. 그 후 화분에 심겨 중국의 선물로 한국에 들어오게 되고, 대량 번식에 성공해 각지에 보급된다. 성장 속도가 빠르고 형태가 아름다운 나무라 주로 가로수로 보급되어 한 그루의 메타세쿼이아를 보는 일은 드물다고 한다.

소설 속의 '나'가 외로이 호수를 바라보고 서 있는 오직 한 그루의 메타세쿼이아에 끌렸던 것처럼 나 역시 메타세쿼이아라는 나무에 끌렸다. 도대체 어떤 나무인지 무척이나 궁금했다. 그때만 해도 이 나무가 일반인에게는 그다지 잘 알려지지 않았던 것 같다. 비극적인 사랑을 했던 어느 젊은 시인이 죽음을 앞두고 불멸의 연인에게 쓴 연서. 피와 눈물로 적었을 그 글을 지금도 뿌리에 품고 있을 메타세쿼이아 나무가 너무도 낭만적으로 마음에 그려졌다. 메타세쿼이아! 그 이름은 또 얼마나 어렵고도 오묘한지! 이 이름을 소리 내어 발음할 때면, 뭔가 알 수 없는 동경의 세계가 펼쳐지는 듯했다. 워낙에 형편없는 기억력 때문에 가끔은 이름이 생각나기도 하고, 어떤 때는 도무지 뇌리에서 사라져 좀처럼 떠오르지 않았다.

나무 자체가 백악기로 돌아간 듯했다. 그러다가 가끔 그 이름이 떠오를 때면, 언젠가 이 나무에 대해 꼭 알아보리라 마음먹었다. 언제부터인가 메타세쿼이아는 내가 반드시 찾아내야 할 무엇이 된 것 같았다. 지금처럼 핸드폰만 열면 온갖 지식을 얻을 수 있는 시대도 아니었지만, 백과사전 같은 걸 찾아볼 생각도 하지 않고 막연히 이 나무와 조우할 그날을 기다렸다.

그러기를 서너 해! 어느 날, 모처럼 미국에서 다니러 나온 여고 동창생 J와 몇몇 친구가 서울숲을 찾았다. 조성된 지 얼마 안 되어서인지 수목이 우거지지 않아, 앞으로 울창한 숲으로 자라나겠다는 염원이 느껴질 뿐 좀 썰렁했다. 그래도 친구들과 수다를 떨며 모처럼 땅을 밟고 걸으니 즐겁고 상쾌했다. 하늘을 향해 거침없이 시원스레 뻗어 올라간, 훤칠하게 잘생긴 어느 나무 앞에서 나는 갑자기 발걸음을 멈추고 말았다. 메타세쿼이아라는 이름표를 달고 있었던 거다. 아! 너로구나! 너로구나! 무심히 다른 데로 이동하는 친구들을 따라갈 생각도 못 하고, 나는 얼마 동안을 충격에 휩싸여 이 나무 곁에 서 있었다.

이게 메타세쿼이아라고?! 내가 오랫동안 그토록 집착해왔던? 그건 우리 아파트에 제일 많은 나무였다. 이 아파트에 처음 이사 왔을 때 화단에 줄지어 늘어선 이 나무가 참 신선하게 느껴졌다. 처음 보는 나무였고, 아파트 조경에는 그다지 많이 쓰이지 않는 나무 같아서였다. 메타세쿼이아로 둘러싸인 아파트에 살면서도 이 나무를 알아보지 못하고 그토록 이 나무를 알고 싶어했다니! 참 어처구니가 없었다.

요술 할머니의 부탁을 받고 파랑새를 찾아 헤맸던 두 남매 이야기가 문득 떠올랐다. 그렇다. 행복은 멀리 있지 않다. 수많은 메타세쿼이아 나무가 내 옆에 줄지어 서 있는 것처럼. 행복을 알아볼 마음의 눈과 받아 안을 포근한 가슴이 내게 없을 뿐이다.

우리에게도 잘 알려진, 무학 무명의 복싱 선수에서 세계적인 건축가로 성장한 안도 다다오는 말한다. 일생을 빛을 찾아 헤맸지만, 희망의 빛은 바로 내 안에서 있었다고. "소중한 건 옆에 있다고 먼 길 떠나는 사람에게 말했으면……" 어디선가 예쁜 노래가 들려오는 듯하다.

늙어감에 대하여

오래전의 일이다. 어느 병원으로 문상을 하러 갔는데, 장례식장이 빨리 눈에 띄지 않았다. 처음 오는 병원이라 장례식장이 어딘지 모르겠어서 두리번거리고 있는데, 마침 길고 검은 장화를 신고 청소를 하시는 분이 내 앞으로 걸어오셨다. 잘 됐다. 저분한테 물어봐야지. 일단 "아저씨!" 하고 불러 세웠다. 아뿔싸! 그런데 이게 웬일인가? '장례식장'이라는 말이, 그 단어가 갑자기 어디로 달아났는지 도무지 생각이 나질 않았다. 할 수 없이 "고인에게 명복을 빌려면 어디로 가야 됩니까?" 이렇게 물었다. 나도 모르게 이런 말이 튀어나온 것이다. 아마 그분은 내가 장례식장이라는 단어가 생각 안 나, 너무나 당혹스러워서 그렇게 물었으리라고는 꿈에도 생각하지 않고, '장 례식장이 어디냐고 물으면 될 걸, 고인에게 명복을 빌려 면 어디로 가야 합니까? 세상에 이렇게까지 되게 교양 떠 는 인간이 있다니!' 하고 혀를 찼을 것 같다. 퇴근 후에는 자기 안식구에게 오늘 별 인간을 다 봤다고, 재미있는 세 상이라고 내 이야기를 하며 함께 웃었을지도 모르겠다.

어쨌든 아저씨가 일러준 장례식장으로 헐레벌떡 뛰어 들어가니 먼저 문상을 마친 친구들이 호상이라며 즐겁 게 담소를 나누며 앉아 있었다. 여기서 잠깐 '호상'이라 는 말을 생각해본다. 호상? 이 세상에 호상은 없다. 아무 리 오래 살았다고 해도, 한 인간이 영원히 우리 곁을 떠 나갔는데 호상이라고? 나도 아무 생각 없이 이 말을 꽤나 썼던 것 같다. 그런데 그게 아니었다. 우리 아버지가 106 세로 세상을 버리셨을 때 문상객들은 이구동성으로 호상 이라고 했다. 그때만 해도 백 세 이상 사는 사람이 많지 않을 때였긴 했다. 아무리 그래도 아버지를 잃고 고아가 된 나에게 호상이라니, 내가 세상에서 제일 의지하는 아 버지를 잃었는데, 호상이라니! 모두 쥐어박고 싶었다. 그 후로 나는 이 말을 입에 담지 않게 되었다.

나를 보고 가겠다고 꽤 오래 기다려준 친구들에게 내가 방금 하고 들어온 짓거리를 이야기하니 모두 재밌어 죽는단다. "그래도 니가 교수님질이라도 하니까 그런 멋진 말이 나온 거 아니겠어?!" 이런 말을 하는 친구도 있다. 헐! 님 자 빼고 질 자 빼시지.

그날 밤 다른 친구들 카톡에 오늘 있었던 일을 올리니, 여기저기서 다투어 자기 얘기가 올라왔다. 완전 바보짓 대잔치 같다. 갱년기라는 단어가 생각 안 나서 멘스 끊어지고 등등 별 추한 얘길 다 했다는 그 친구는 그녀가 그토록 자랑스럽게 여기는 KS 마크다. 또 다른 친구의 이야기. 지독하게도 덥던 어느 여름날 부부 동반 외출에서 돌아오자마자 선글라스를 벗어서 무심코 소파에 놓았단다. 아무 생각 없이 소파에 앉으려는 남편을 향해 유리창! 유리창 하고 외쳤더란다. 도무지 선글라스라는 말은 어디로 숨어버렸는지, 웬 놈의 유리창이란 말이 나와서 유리창! 유리창! 하다가 마음먹고 산 명품 선글라스를 우지끈해 잡쉈단다. (그래 내가 뭐랬어? 명품 좋아하지 말고 너 스스로 명품이 되라고 했잖아!)

이래서 또래 친구가 좋다. 나 혼자만 이렇게 바보짓을 하고 다니는 게 아니라는, 말 없는 위로를 서로 나눈다. 이제 사람 이름이 생각나지 않는 건 다반사이고, 문맥에 꼭 맞는 하나의 단어를 찾는 일도 쉽지 않다. 옛날 백열 전구 쓸 때 보면 오래된 전구 안의 필라멘트가 붙었다 떨어졌다 하며 깜빡깜빡하던 게 생각난다. 내 기억력이 꼭 그런 것 같다. 이젠 모든 게 '그러려니!' 한다. 어쩌랴! 이렇게 늙어가는걸.

나는 젊었을 때 이런 노년을 꿈꿨다. 하나님의 은혜에 온전히 사로잡혀 기품 있고 지혜롭게 늙어가고, 바른길을 분별하고 선택하는 능력을 갖추고, 인격이 날로 성숙해져서 타인에 대한 이해심이 깊어지고, 웬만한 일에는 흔들리지 않는 견고한 마음과 굳은 의지를 갖게 되고, 세상사에 대한 확실한 균형감각과 풍부한 식견과 원숙함으로 이웃을 세워주고 격려하며, 다음 세대들의 멘토가 되어주는 그런 노인! 참 꿈도 야무졌다. 젊은 날 내가 지니지 못했던 모든 덕목을 노년에는 이룰 수 있으리라 기대했던 것 같다. '늙은 자에게는 지혜가 있고 장수하는 자에게는 명철이 있느니라' 라는 《구약》〈욥기〉의 말씀이 정말 좋았나 보다. 그러나 막상 늙어보니 내가 꿈꾸던 노인의 모습과는 전혀 거리가 먼 자신을 보게 된다. 날로 아집과 고집이 늘고 쉽게 독선에 빠지고, 이해하려고 노력하기보다는 나와 다른 것은 무조건 틀린 것으로 쉽게 판단하고, 매사에 하나님을 종같이 부리려 드는 교만함과 기도 응답에 대한 조급함 등등, 이게 평생을 하나님 의지하고 산 자의 모습인가, 참으로 자괴감을 느낄 때가 많다.

기대했던 인간적 성숙은 좀처럼 보이지 않고, 그저 몸 여기저기서 '나를 좀 돌아보라!' 고 아우성치는 소리만 들려온다. 이래 가지고야 120살까지 어떻게 버티나 좀 낙심이 될 때도 있긴 하다. 그런데도 참 이상하다. 늘 마음이 잔잔하다. 불같은 분노나 탐욕, 허영은 전혀 내 것이 아니다. 무얼 봐도 좋고 누구를 만나도 고맙고 즐겁다. 마음의 평화와 행복감은 젊은 날과 비교할 수 없을 만큼 커지는 것 같다. 이상한 일이다. 늙어갈수록 마음의 평화를 넘어 생의 환희를 느끼게 되는 것 같다. 세상이 나를 향해 웃는 것 같다. 나도 마주보고 웃어주고 싶다. 늙어감이 주는 크나큰 선물이 아닐 수 없다.

한 스님이 계신다. 2020년에 만해평화상을 수상한 태국의 포티락 스님이다. 엊그제 스님이 입적하셨다는 소식을 접했다. 얼굴 한 번 본 일이 없지만 스님의 극락왕생을 빌어본다. 스님은 불교의 실천 공동체인 아속(Asoke)을 이끌어 왔다. 아속은 슬픔 없음 또는 환희를 뜻하는 태국어라고 한다. 그는 "평화는 진정한 지혜로써 탐욕과 분노, 어리석음에서 해방될 때 실현될 수 있다"고 말한다. 그렇다, 전적으로 공감한다.

역저 《도덕감정론》(1759)으로 유명한 애덤 스미스도 같은 말을 하고 있다. "행복은 마음의 평정과 향유 가운데 있다. 평정 없이는 향유할 수 없고, 완전한 평정이 있는 곳에 향유할 수 없는 것이란 있을 수 없다. (……) 탐욕은 가난과 부유함 사이의 차이를 과대평가하고, 야심은 개인적 지위와 공적 지위의 차이를 과대평가하고, 허영은 무명과 유명을 과대평가하는 데서 오는 것이다.

(······) 허영과 우월이라는 경박한 쾌락을 제외하고는, 가장 높은 지위가 제공할 수 있는 모든 쾌락을 우리는 개인의 자유만이 존재하는 가장 초라한 지위에서도 발견할 수가 있는 것이다."(《도덕감정론》제3부 제3장)

　젊은 날에는 귓등으로 들었을 현자들의 말들이 이젠 온전히 내 것으로 다가온다. 늙어가는 일도 나쁘지만은 않다. 아니! 썩 좋다.

애국이라면 나도 한 애국하지

엊그제 신문에서 〈4월에만 9조 원…외국인 배당, 원화 약세에 기름 붓나〉라는 제목의 기사를 읽었다. 이달 국내 상장사의 배당금 지급이 시작되자, 국내 기업의 배당금을 받은 외국인 투자자들이 자국으로 송금하기 위해 원화를 팔고 달러를 매수하면서 원화 약세에 더 기름을 부을 수 있다는 우려로 외환 당국이 긴장하고 있다는 내용이었다. 이 기사를 읽으며 문득 20여 년 전 나의 돈키호테식 첫 주식투자 경험이 떠올랐다.

문학은 그에 대한 특별한 기본 소양이 없어도 그리 어렵잖게 즐기고 누릴 수가 있다. 반면에 언어학은 기본 실력 없이는 접근이 어려운 것 같다. 정치와 경제 역시 비슷하게 느껴진다. 정치 기사는 쉽게 이해가 되는데 경제에 관한 기사는 도무지 무슨 얘긴지 오리무중일 때가 많았다. 경제 공부를 좀 해야 되겠구나 하는 마음으로, 대학의 특별 과정에 등록했다. 하루는 강연하러 온 연사가 단에 오르자마자, "여러분, 삼성이 한국 기업입니까?"라고 물었다. 나는 속으로 대답했다. '뭔 소리야! 당연히 한국 기업이지.' 그런데 그 연사의 말은 내 예상을 빗나가고 있었다. 한국 국민이 삼성의 주식을 많이 갖고 있어야만 삼성이 우리 기업이 되는 거라며, 주식 애국론을 펴는 것이었다.

이제나저제나 '애국'이라면 물불을 가리지 못하는 내게는 주식을 하는 게 나라를 사랑하는 길이라는 말이 너무나 신선하고 설득력 있게 들렸다. 마침, 몇 년 동안 적금을 부어 어렵사리 마련한 최초의 목돈, 1억 원(아! 1억! 월급쟁이가 1억 만드는 일이 얼마나 고단한 길인가!)을 쥐고 있던 터라 바로 다음날 동네 투자신탁 사무실을 찾아갔다. 애국은 빠르면 빠를수록 좋은 것 아니겠나!

누군가 혈액형 O형을 가리켜 단무지라 했던가? 단순하

고 무지하고 지랄 맞다는! 나의 성격적 약점이 그대로 노출된 바보짓을 하러 나선 것이었다. 사무실에 들어가 잠시 두리번거리고 있는데, 한 직원이 달려 나와 "○○대 교수님 아니시냐?"며 반갑게 인사를 한다. 자기는 다른 과를 졸업했는데, 학교에서 나를 많이 보았노라며……. 이리하여 그 직원의 안내로 ELS라는 상품에 가입하게 되었다. 6개월마다 평가해서 목표 이익을 얻으면 환매해주는 상품이었다. 몇 번의 6개월이 성과 없이 지나가고 결국 3년 만에 원금의 3분의 1도 채 안 되는 금액만이 남았다고 했다. 3년이면 무조건 환매해야 한단다. 처음에 그 상품의 가입을 권했던 그 직원은 코빼기도 안 보이고(하기야 보인들 어쩌겠나?) 지점장이라는 사람이 전혀 미안한 기색도 없이(하기야 그 사람이 미안해할 이유도 없지. 전적으로 나 자신의 무지한 선택의 결과였으니!) 현금으로 찾아가겠느냐, 아니면 내가 투자했던 K자동차 주식으로 받아 가겠느냐고 물었다. 어떤 위로의 말도 없는 게 더 괘씸했다. 나는 다시 한 번 단무지 혈액형의 특성을 발휘해서 일말의 고려도 없이 현찰로 찾아버리고 말았다. 그도 그럴 것이 당시 K자동차는 계속 파업 상태였고 희망이라곤 보이지 않았기 때문이다. 그때 내가 주식에 대하여 뭘 좀 알았더라면 당연히 주식으로 받았을 것이다. 나의 첫 주식투자, 나의 '애국 투자'는 이렇게 허망하게 끝났다. 그로부터 머지않아 그 주식이 상상도 못 한 속도로 올라갈 때는 돈에 무심한 편인 나도 속이 좀 쓰리긴 했다. 하지만 어쩌겠는가! 내 성격적 약점이 부른 화로부터 교훈을 얻은 것으로 위안 삼을 수밖에!

그 후에 아무래도 주식투자에 대해 좀 알아야 할 것 같아, 이 분야에서는 제일 쉬워 보이는 《투자와 자녀의 미래》라는 책을 읽어보았다. 저자는 "우리 학생들이 실제로 버핏 방식대로 주식투자를 따라 해볼 수 있도록 정확하게 안내해주는 적당한 책자가 없다. 주식투자에 관한 많은 책이 있지만, 적용 면에서 우리 학생들에게 현실성이 있는 책은 보지 못했다. 그래서 이 책을 썼다"고 집필 목적을 밝힌다. 집필 목적을 분명히 밝힌 점이 퍽 마음에 들었다. 나는 개인적으로 이 책의 저자가, 중학생인 제자들에게 가상 투자를 통해 주식투자를 제대로 가르친, 아

그네스 학교의 모리세이 선생처럼 한국의 모리세이가 되었으면 한다.

이 책은 상당 부분에 걸쳐 워런 버핏(1930-)을 소개하고 있다. 워런 버핏의 명성은 누구에게나 알려져 있고, 일반의 관심 또한 크다. 그러나 그가 어떤 과정을 통해 그런 부를 이룩했는가에 대해서는 보통 사람들은 잘 알지 못하는 게 사실이다. 숫자와 돈이 최대의 관심사였고 일찍이 돈 버는 재미를 체득한, 남다른 어린 시절부터 주식투자로 세계 최고의 부자가 되는 과정, 부에 대한 그의 나눔의 철학을 알기 쉽고 흥미진진하게 일러준다. 버핏에 관한 많은 책을 읽고, 습득된 지식을 자기화한 결과물로 보인다. 이 과정을 통해 나는 '원금을 잃지 않을 수 있는 새로운 주식투자 방법인 가치투자가 무엇이고, 왜 가치투자를 해야만 하는가'에 대한 확실한 개념을 정리할 수 있었다.

버핏은 나 같은 범인들로서는 실천은커녕 이해하기도 힘든 경이로운 생애를 살아온 사람이다. 그는 어린 시절부터 비범했다. 어떻게 어린아이가 숫자와 돈에 그토록 집착할 수가 있을까? 하기야 어떤 아이는 바이올린에 빠져 밥만 먹으면 바이올린을 붙잡고, 어떤 아이는 책 읽기에 몰두해 잠조차 안 자고 책을 들고 살지 않는가. 다만 버핏에게는 그 몰입의 대상이 숫자와 돈이었을 뿐이니, 사실은 그리 이상한 일도 아닌 것 같다.

더 놀라운 일은 백만장자 아빠와 자식들 간의 관계다. 버핏은 "나는 우리 관계가 말끔하기를 원한다. 한 번 돈으로 얽히게 되면 부자(父子) 관계도 복잡해지지 않겠니?"라고 말하며, 적은 금액을 빌려주더라도 자녀에게 항상 일종의 빚 문서인 차용증을 쓰게 했다고 한다. 얼마나 놀라운 일인가. 그는 '태어날 때부터 물고 있던 은수저가 나중에는 은장도로 변해서 돌아오는 경우가 많다'는 사실을 절감하고 살았던 것 같다. 더욱 놀라운 점은 이런 아버지를 이해하고, 백만장자의 자식 사랑법을 수용해, 아버지의 돈을 염두에 두지 않고 각자 자기가 좋아하는 일을 해나가는 자식들의 태도가 아닐 수 없다. 우리나라에는 이런 아버지도 상상하기 어렵고 이런 자식들도 기대하기 어렵지 않을까?

내가 부자가 될 수 없었던 이유를 이 책처럼 쉽게 알려주는 책도 없을 듯하다. 저자는 돈을 말할 때 늘 '피 같은'이라는 수식어를 쓰고 있다. 그러나 나는 돈을 '피 같은 돈'이라고 느껴본 적도, 말해본 적도 없다. 돈이 그냥 돈이지, 무슨 피 같은 돈일까? 게다가 나는 부자가 되어보겠다는 꿈을 가져본 적도 없다. 아마 나는 돈의 자리에 명예나 사회적 인정 같은 걸 놓고 살았던 것 같다. 이 책을 읽으며 새삼, 그래 나도 부자가 되어보면 좋겠다, ○○병원 그 고가의 치료도 마음 놓고 받아보고……. 뒤늦게 이런 생각이 들기도 한다. 그러나 그야말로 만시지탄(晩時之歎)이 아닐 수 없다. 가치투자란 결국 시간과의 싸움인데, 이제 내게는 그만한 시간이 있을 것 같지 않기 때문이다.

어디 시간의 문제만이랴! 진정한 의미의 투자란, 제멋대로 자발없이 나대는 주가를 보고 하는 게 아니고, 본래의 값어치를 나타내주는 기업가치를 보고 해야 한다. 그런 투자가 가치투자다. 즉 기업가치보다 주가가 낮아진 어떤 시점에 매수해서, 일정 기간 주식을 보유하다 보면 어느 때인가 주가가 기업가치를 초과하게 되는 시점에 이르게 되는데, 이때 주식을 매도함으로써 투자 이익을 거두게 된다고 한다. 좋은 말이다. 이해는 된다. 만시지탄! 이 책에서 내가 확실히 배운 것은 '저축과 투자의 차이'다. 저축으로는 결코 부자가 될 수 없고, 큰 부자가 되는 유일한 길은 현실적으로 주식투자밖에는 없으며, 목돈을 만들어서 나중에 나중에 할 것이 아니라 지금 당장 시작해야 한다는 사실을 확실히 깨우쳤다.

그러나 나 같은 사람이 무슨 수로 어떤 기업을 분석하여, 기업가치를 산정해낼 수 있을까? 어떤 기업이 어느 만큼의 기업가치를 가지고 있는가를 판단한다는 것은 아마도 내 앞에 있는 사람이 어떤 사람인가를 알아보는 것보다는 쉬울지 모르지만, 매출액이니 영업이익이니 순이익이니 하는, 경제학의 기초 소양도 갖추지 못한 내게는 역시 지난(至難)한 일일 수밖에 없을 것이다. 더구나 얼마 남지 않은 내 인생의 시간을 그런 공부를 하는 데 소비하고 싶지는 않다.

돈이란 기계보다 더 정확하게 365일 24시간 쉬지 않고

투자자가 시켜 놓은 대로 제 할 일, 즉 수익 활동을 멈추는 법이 없다고 저자는 말한다. 그러나 기업을 알아보는 안목도 없거니와, 원금과 이자에 또 이자가 붙어가는 복리 수익의 '장기부자 추세선'에 올라탈 충분한 시간을 기대하기 어려운 나로서는 이제부터라도 어떻게 해서든 부자가 되는 일은 애당초 불가능할 것이다. 오호통재라, 오호애재라!

step 3

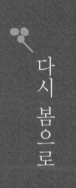

다시 봄으로

예수표 비누

1996년 봄 학기부터 1년 동안 요르단대학교에서 연구년을 가졌다. 어느 날 문과대 학장이 좀 만나자고 하더니, 교환교수로 와 있는 외국인 교수는 한 번씩 특강을 하는 게 관례라며 내게도 특강을 주문했다. '한국의 아랍어 교육과 중동학의 현황'을 주제로 정하고, 3주간의 말미를 얻어 특강 준비에 몰입했다. 한국에서는 새로운 학문인 아랍 어문학 연구와 중동학이 시작된 배경 및 현황, 지난 30년간 학술지에 게재된 관련 논문들의 주제 분석 등이 주요 내용이었다. 동양인 여교수가 아랍어로 하는 강의가 신기했던지 400명 정도 들어가는 문과대 강당은 학생들과 교수들로 대성황이었다.

청중들은 중동학 관련 논문의 주제나 추이 분석과 같은 아카데믹한 부분보다는 아랍어 교육을 처음 시작하면서 우리가 겪었던 여러 가지 시행착오와 에피소드에 더 큰 관심과 흥미를 보였다. 1965년 우리 대학에 처음 아랍어 과가 신설되었을 때, 우리나라에는 '이것이 아랍어다' 라고 알아볼 수 있는 사람이 한 사람도 없었다. 문어체 아랍어와 구어체 아랍어가 다르고 구어체 아랍어는 나라마다 큰 차이가 있다는 사실조차 우리는 알지 못하고 있었다. 모든 아랍 국가에서 통용되는 문어체 표준어를 배워야 했음에도, 이집트에서 교수가 오면 카이로 방언, 이라크에서 교수가 오면 바그다드 방언을 배우는 식이었다. 아랍 사람들이 흔히 표현하는 것처럼 문으로 들어가지 않고 창문으로 들어가려고 애를 썼던 게 틀림없다. 세계적으로도 가장 어려운 언어의 하나인 아랍어 교육이 이렇게 시작되었으니, 초창기의 아랍어 학습자들의 고충은 이만저만이 아니었다.

한 시간이 넘는 강연이 끝나자 여러 가지 질문이 쏟아졌다. 질의응답을 마치고 강연을 마무리하려는데, 한 여학생이 사적인 질문을 해도 되겠느냐며, "교수님은 1965년에 대학에 입학했다고 말했는데, 너무 젊어 보여요. 연도에 착오가 있는 것 아닌가요? 그게 아니라면 젊음을 유지하는 무슨 비결이라도 있나요? 무슨 화장품을 쓰시는지 궁금합니다. 화장품 중에 제일 중요한 게 비누인데, 무슨 비누를 쓰시는지요?"라고 물었다. 참으로 어처구니없는 질문에 강당은 웃음바다가 되었고, 특히 여학생들은 모두 눈을 크게 뜨고 내 답변을 기다리고 있었다. "나는 예수표 비누를 쓴다. 예수님을 믿으며 늘 감사하는 삶을 살기에 인생의 많은 어려움에도 불구하고 편안하고 젊어 보이는 얼굴을 가질 수가 있었다. 예수표 비누에 관하여 더 알고 싶은 학생은 교수 아파트 몇 호로 찾아오라." 이것이 나의 답변이었다.

나의 사인을 받으려는 학생들이 줄을 서는 걸 보면 강의는 대성공이었다. 문과대 학장은 차를 대접하며 고마워했다. 자기는 바빠서 나를 소개만 해주고 나가려 했는데 강의가 너무 재미있어서 시간 가는 줄 모르고 끝까지들었노라고 했다. 이 강당이 문을 연 이래 최고의 명강의였다는 후문도 들렸다.

예수표 비누! 나는 그런 비누를 들어본 적도, 말해본 적도 없었다. 그런데 그 긴장된 순간에 어떻게 내 입에서 그런 단어가 튀어나왔을까? 그건 오직 성령의 도움이었다! 그 후로 지금까지 나는 오랫동안 예수표 비누에 대해 많은 생각을 하게 되었고, 비누에 대해서도 많은 사실을 알게 되었다.

'비누'라는 말은 "더러움을 날려 보낸다"라는 뜻의 한 자어 '비루'(飛陋)에서 나왔다고 전해진다. 비누를 처음 사용한 사람들은 바빌로니아 사람들이었다고 하는데, 그들이 기름과 재를 섞어서 비누를 만들어 쓴, 기원전 2800년경의 유적이 발굴되었다고 한다. 구약에도 세정을 위해 잿물을 사용한다는 말이 여러 군데에서 발견되고, 비누를 사용하는 여성들의 모습을 담은 이집트의 고분 벽화가 있는 것을 보면 비누는 생각보다 훨씬 오랜 역사를 지닌 것 같다. 짐승의 굳기름과 재, 특히 염소의 기름과 너도밤나무의 재로 비누를 만들어 사용했다는 1세기 학자의 기록도 전해진다고 한다.

고대 로마인들에게는 사포(Sapo)라는 이름의 언덕에서 양을 태워서 신에게 제사를 지내는 풍습이 있었다고 한다. 어느 날 제사가 끝난 후 그곳 청소부가 타고 남은 재를 집에 가져와 물통에 집어넣었는데, 이 물통에서 걸레를 빨던 그의 아내가 걸레의 때가 쏙 빠지는 것을 발견했다고 한다. 물통에 넣은 재 속에는 양이 타면서 녹은 기름이 배어 있었기 때문이다. 로마인들은 이렇게 양기름이 녹아든 재를 '사포'라 불렀는데, 그것이 오늘날 'soap'이라는 단어의 어원이 되었다고 한다.

비누 제조업은 발전을 거듭하여 8세기가 되자 지중해 연안 국가, 특히 이탈리아의 사보나를 중심으로 비누 제조업이 크게 번성했다고 한다. 그러한 연유로 '사보나'는 많은 언어에서 비누라는 단어의 뿌리로 자리를 잡게 되었다. 내가 공부한 아랍어에서도 비누를 '사분'이라고 하는데, 비누가 사분이라는 이름을 갖게 된 연유도 모르는 채 무조건 외우던 생각이 난다.

당시 이탈리아, 에스파냐, 남프랑스 등 비누 제조업이 융성했던 지역은 지중해 연안에서 나는 올리브와 해초의 재를 비누의 주원료로 썼고, 12세기에 들어서는 잿물 대신 천연소다를 원료로 쓰게 되었다. 올리브나 천연소다는 매우 귀한 재료여서, 비누가 대중화되는 데는 한계가 있었을 것이다. 따라서 수 세기 동안 비누는 상류층만 사용하는 사치품으로 치부되었다. 오죽하면 "한 국가가 소비하는 비누의 양은 그 국가의 문명의 척도"라는 말이 18세기 후반까지도 통용될 정도였다고 한다. 이러한 한계는 인공 소다의 대량 생산으로 극복되었고, 비누는 모든 인류의 매일매일의 필수품이 되었다. 오늘날에는 각종 식물성 기름과 글리세린, 가성소다가 주성분이라고 하지만, 비누의 탄생은 재와 기름의 만남에서 비롯된 것이다. 그렇다면 내가 사용하는 예수표 비누의 재와 기름, 즉 예수표 비누의 본질은 과연 무엇일까? 나는 그것을 믿음과 감사라고 생각하고 있다.

믿음이란 무엇인가? 예수님이 우리를 위하여 십자가에 못 박혀 죽음으로, 우리를 하나님과 화평케 하고 하나님의 자녀가 되도록 입양시켜 주신 것을 믿는 믿음. 세상 끝날까지 나와 함께 하겠다는 하나님의 약속과 그를 따르는 자에게는 영생을 상속하리라 하신 예수님의 약속을 믿는 믿음. 하나님을 사랑하고 그 사랑에 힘입어 내 이웃을 사랑하려고 노력하는 것이 내 인생의 목표가 되어야 한다고 믿는 믿음. 소박하지만 이러한 믿음이 내 예수표 비누의 제일 중요한 원료인 재의 역할을 하리라.

감사는 내가 사용하는 예수표 비누의 두 번째 재료일 것이다. 지금 나에게 있는 것에 감사하지 않고 내게 없는 것에 불평불만, 하나님의 약속에 감사하지 않고 현재 보이는 상황만을 가지고 불평불만……. 그런 삶을 산 날이 내게 얼마나 많았던가? 이제 팔십을 바라보는 나이가 되니 내가 겪은 고난들이 모두 나를 정금처럼 단련하셔서 온전한 하나님의 사람으로 만들어 가시려는 섭리 안의, 하나의 과정이었음을 깨닫는다. 한번 뒤를 돌아보라. 나의 나 됨은 오로지 하나님의 은혜요 많은 축복이 고난의 모습으로 나를 찾아오지 않았던가. 범사에 감사하는 것이 우리를 향한 하나님의 뜻이라는 성경 말씀을 이제는 내 것으로 받아 안는다.

노년이 되면 자기 얼굴에 책임을 져야 한다고 한다, 어떤 얼굴로 태어날지를 선택할 수는 없어도 어떤 얼굴로 죽을지는 선택할 수 있기 때문이다. 아침저녁뿐만 아니라 수시로 예수표 비누로 씻고 닦아서 맑고 빛나는 얼굴로 주님 앞에 서기를 소망한다.

촌년 식겁했네

미국 애틀랜타로 아들네 가족을 방문했다. 그곳 로스쿨로 유학 간 지 꼭 1년 반 만에 처음으로 아들 며느리와 어린 두 손녀를 만나 일주일 동안 꿈같이 정겨운 시간을 보냈다. 오늘은 두 오빠가 계신 샌프란시스코로 떠나는 날이다. 요리에 능한 며느리는 내가 와 있는 동안 미리 식단을 짜놓고 맛있는 음식을 많이 대접해주었는데, 그것도 모자랐는지 떠나기 전에 마지막으로 내가 좋아하는 고구마 케이크를 만들었다. 며느리의 정성이 담긴 케이크는 사는 것처럼 달지도 않고 그 맛이 정말 일품이었다. 며느리는 샌프란시스코에 가서 삼촌들과 드시라며 적지 않은 양을 싸서 짐 트렁크에 넣어주는 것도 잊지 않았다.

공항은 그리 멀지는 않았는데 유난히 길이 막혀 차가 제 속도를 낼 수가 없었다. 국내선이라 그렇게 일찍 안 나가도 된다고 아들 며느리는 나를 안심시키려 했지만 슬슬 불안한 마음이 들기 시작했다. 간신히 빠듯하게 공항에 도착하여 아들 며느리와 작별했다. 만약 시간이 넉넉했다면 눈물 많은 나는 일 년 반만의 이 짧은 해후를 엄청난 눈물로 마감했을 것이다. 그러나 워낙 시간이 촉박하여 터져 나오려는 눈물을 참으며 탑승 수속을 하는 인파 속으로 빨려 들어갔다.

웬 사람이 이리도 많은지, 끝도 없이 긴 두 줄로 나뉘어 수속은 느리고도 답답하게 진행되고 있었다. 좀 빨라 보이는 줄에 가서 섰는데 내 여권을 체크한 공항 직원은 나를 옆줄로 보낸다. 무척이나 느려터지고 비효율적으로 보이는 이 줄로 나를 보내는 이유가 뭘까? (혹시 아랍 여러 나라의 출입국사증이 찍혀 있는 내 여권이 문제인가? 미국 입국할 때도 문제가 안 되었는데 국내선을 타는데? 국내선 여객과 국외선 여객을 구분하는 걸지도 모르지.) 9·11테러 이후 비행기의 시큐리티 체크가 까다로워졌다는 걸 감안해도 이건 좀 이해가 안 간다. 좀처럼 줄이 줄어들지 않는 것 같다. 마음이 조급해서 더 그렇게 느껴지는지도 모르겠다. 꽤 오랜 시간이 걸려서 수속이 끝났고 나는 GATE T02로 바람같이 달려갔다. 아뿔싸! 게이트는 텅 비어 있고, 데스크를 지키는 흑인 남자가 "우리는 클로즈했으니 T06으로 가라!"고 했다. 이미 지나왔던 T06으로 달려갔다. 시계를 보니 비행기는 이미 떴을 시간이다.

T06 데스크에도 흑인 남자가 혼자서 지루한 표정으로 앉아 있다. 사정을 이야기해도 듣는 둥 마는 둥 아무 말도 없이 어디로 전화를 걸어 나에게 바꿔준다. 이제야 내가 비행기를 놓쳤다는 사실을 알아차린다. ('우리는 클로즈했으니 어디로 가라'는 말을 그리로 가면 비행기를 탈 수 있다는 말로 듣고 그리도 허둥대고 달려오다니! 남의 말을 제멋대로 해석해 듣는 버릇이라도 있었던 걸까?)

내 설명을 들은 전화 속의 생기발랄한 젊은 여자의 음성이 콩코스 A25로 가란다. (아니, 그렇게 들은 것 같다. 콩코스? 처음 듣는 말이다. A25라는 말도 제대로 들었는지 통 자신이 없다. 우선 아들에게 전화를 걸어 내가 비행기를 놓쳤다는 걸 알리고, 샌프란시스코의 제 삼촌들에게 연락하게 해야 한다.) 공중전화를 이용할 생각도 들지 않았다. 데스크의 남자에게 아들 전화번호를 내밀며 연결을 부탁해 보았다. 이 친구는 도무지 입을 여는 것도 귀찮은지 카드를 내밀며 말없이 공중전화 부스를 가리킨다. 카드를 밀어 넣고 통화 버튼을 눌러도 도무지 연결이 안 된다. 마침 옆에 서 있는 참해 보이는 젊은 여성에게 부탁해본다. 여자가 번호를 몇 개 누르고 카드를 넣으니 연결되었다. 통화 중이다. 계속 통화음이 들려온다. 아마 아들이 샌프란시스코의 삼촌들에게 내 도착 시각을 알려주는 통화를 길게 하는 중인 것 같다. (내 뒤에서 기다리는 사람이 짜증스러운 얼굴로 날 자꾸 쳐다본다. 전화를 끊고 물러날 수밖에 없다. 그럼 먼저 콩코스 A25를 찾아가자. 콩코스 A25가 우주 끝처럼 느껴진다.)

하는 수 없다. 데스크의 그 입도 뗄 줄 모르는 친구에게로 다시 가서 어떻게 가는지를 물어본다. 지옥에서 나오는 듯한 목소리로 뭐라고 대답한다. 듣긴 들었는데, 도무지 뭔 소린지. 문제는 영어다. 오늘은 내가 태어나서 영어를 제일 많이 해보는 날이다. 내가 하고 싶은 말은 어떻게든 말을 한다. 그것도 완벽한 문법을 구사하며! 문제는 듣기다. 듣고 있을 때는 알아듣는 것 같다가도 그의 말이 끝나면 머리에 남는 게 없다. 미국 남부의 흑인 영어는 알아듣기가 더 힘든 것 같다. (세상에 그토록 오랜 세월 영어 공부를 했고, 영어는 내가 제일 좋아하는 과목이었는데 정말 참담하다.)

손에 두툼한 책을 든 선량한 눈을 가진 서양 젊은이에게로 다가간다. 그에게 콩코스 A로 가는 방법을 다시 묻는다. 자기랑 같이 가면 된다고 한다. 그 젊은이가 앙증맞은 작은 기계를 귀에 대고 무슨 말을 주고받는 것 같다. 아! 저게 말로만 들은 휴대전화라는 거로구나! 기회다! 그의 통화가 끝나기를 기다려 대뜸 아들 집의 전화번호를 내밀었다. 아들이다! 가슴이 뛴다. 마침 트램이 달려온다. 타자마자 바로 콩코스 A 사인이 뜬다. 젊은이가 빨리 내리라며 전화기를 빼앗듯이 가져간다. God bless you!를 연발하며 트램을 내린다. (아들에게 비행기를 놓쳤다는 말은 했으니 얼마나 다행인가. 가슴이 두근거리고 정신이 혼미하다. 이 무슨 변괴란 말인가.)

호랑이에게 물려가도 정신을 차리면 산다고 했겠다. 물을 한 병 산다. 그런데 물병도 이상하다. 처음 보는 물병이다. 한꺼번에 많은 물이 쏟아져 나오지 않도록 장치한 것 같다. 모든 것이 한순간에 아날로그에서 디지털 시대로 넘어간 느낌이다. 어쨌든 물을 좀 마시니 진정되는 것도 같다. 비행기를 놓쳤을 뿐, 사실 죽을 일도 아닌데 이렇게 당황하고 흥분할 것도 없지 않은가. 어쩔 수 없는 상황이라면 이 상황을 즐기고 배우자라는 배짱이 생긴다. 좀 편해 보이는 의자에 자리를 잡고 수첩을 꺼내 지금까지의 일들을 대충 기록한다.

옆자리에 앉은 중년의 여자가 말을 걸어온다. 얼굴은 좀 검어 보이지만 동양인이 틀림없다. 내가 샌프란시스코로 가는 비행기를 놓쳤다고 하자, 자기도 그리로 가는 비행기를 지금 몇 시간째 기다리고 있다고 한다. (몇 시간 째? 그렇다면 정말 보통 큰일이 아니구나!) 그녀는 필리핀 출신으로 30년 전에 샌프란시스코 주변의 도시로 이주해 살고 있단다. 그녀가 신고 있는 여름 망사 신발에 눈이 간다. 검은 망사에 붉은 장미꽃 두 송이와 진초록의 장미 잎새가 그려진 신발이다. 눈에 많이 익어 보여서 혹시 한국제냐고 물어보니, 그렇다면서 벗어서 made in Korea를 보여주기까지 한다. (Korea! 갑자기 눈물이 솟구친다! 한국에서 비행기를 놓쳤다면 이렇게까지 당황하지는 않았을 것 같다. 내 나라가 있고, 내 나라에서 내 나라 사람들과 내 나라말로 산다는 게 얼마나 큰 축복인가! 갑자기 Korea라는 단어 자체가 눈물겹다.)

오래지 않아 그녀가 벌떡 일어나 비행기를 타러 간다. 그녀가 떠나자 한순간에 공항이 텅 비어버린 것 같다. 그녀하고는 그럭저럭 대화가 되었는데……. (그녀와 그녀의 한국산 신발에 위로받고 있었구나.) 언제 와 앉았는지 옆 의자에 어린아이가 둘이나 되는 중국인 가족이 보인다. 이 사람들은 GATE T02에서도 얼핏 본 기억이 난다. 같은 동양인이라는 유대감 같은 게 느껴진다. 공연히 반가운 마음이 들어, 당신들도 비행기를 놓쳤냐며 말을 걸어본다. 멀쩡하게 생긴 중국 남자가 기대밖에 유창한 영어로 한바탕 내 정신을 **빼놓는다**. 대충 골자는 자기네도 샌프란시스코로 가는데 어제 아침부터 웨이팅 리스트에 걸어놓고 기다리는 중이라는 말 같다. (어제 아침부터라고? 일 났군, 일 났어!) 중국인 남편이 먹고 있던 스낵도 권하며 내게 친절하게 대하자, 그 부인 되는 여자는 노골적으로 적개심 같은 걸 드러낸다. 싸늘한 눈길로 나를 쏘아보기조차 하는 것 같다. (헐! 환갑도 넘은 여자한테 질투라도? 자기 남편이 다른 여자랑 말하는 것 자체가 못마땅한가 보네. 그럴 수도 있지.)

직원인 듯한 사람이 그 중국 가족을 다른 데스크로 데려간다. 나는 그 뒤를 조심스레 쫓아간다. 직원이 나더러 이 사람들과 한 가족이냐고 묻는다. 내가 뭐라고 대답도 하기 전에 그 중국 여편네가 아니라고 소리친다. 그 중국 가족은 직원에게서 무슨 쿠폰 같은 걸 받아들고 희희낙락해서 앉았던 자리로 돌아간다. "당신이 저분들에게 친절을 베푸는 걸 보았다. 같은 친절을 나에게도 베풀 수 있겠느냐?"고 마치 영어 교과서를 읽듯이 물어본다. 그는 "그들은 너랑 케이스가 다르다. 아이들도 있고 어젯밤부터 기다렸다"고 알아듣기 쉽게 천천히 아주 친절하게 나에게 설명을 해준다. 나는 땡큐를 연발하며 있던 자리로 돌아온다.

다시 B25로 이동하란다. (이제 트램 타기는 식은 죽 먹기다.) 그리로 이동해서 의자를 잡고 앉아보니 옆자리에 어떤 백인 놈이 몹시 다리를 떨며 앉아 있다. 그렇지 않아도 머리가 들쑤시는 것 같은데 이런 빌어먹을 놈! (하기야 우리 둘째 놈도 다리를 저렇게 떨지. 왜 그걸 못 고칠까? 고칠 마음이 없는 거겠지. 모든 것은 마음에서 출발하니까. 화장실이나 다녀오자. 그런데 소변은 왜 이리 자주 마려운 거야? 아! 점심에 커피를 한 잔 했지. 갓 구운 고구마 케이크에 커피 한 잔! 그땐 참 좋았는데…….)

얼마를 기다리자 Cleared List에 내 이름이 뜬다. 이제 비행기를 타게 되었다는 뜻 같다. (그래도 확인해야지.) 점잖아 보이는 서양 남자에게 내 이름이 Cleared List에 있는데, 그건 내가 비행기를 탄다는 뜻이냐고 묻는다. 그는 밝게 웃으며 그렇다고 말해준다. 갑자기 사람들이 줄을 서기 시작한다. 공중전화 부스로 달려가 아들에게 전화를 건다. 다시 전화를 안 하면 이 비행기로 떠난 것으로 알고 삼촌들에게 연락하라고 일러주고, 급하게 나도 그 줄 끝에 가서 선다. 직원 앞에 내 티켓을 내밀자 쿠폰에 OK 사인을 해주며 Zone 5로 가라고 한다. Zone 5? 그건 또 어딘가? 두리번거리다가 옆에 선 부인에게 Zone 5로 가려면 어떻게 가느냐고 묻는다. 이 줄을 따라가면 된다고 한다. 따라가다 보니 비행기 안이다. 드디어 비행기를 탄 거다. 그 중국 놈이 어디선가 나를 보고 방정맞게 '하이' 하며 아는 체를 한다. (얌마! 나도 비행기 탔어!)

2시 26분 비행기를 놓치고 6시 36분 비행기를 탔으니 도대체 몇 시간을 공항에서 이리 뛰고 저리 뛰며 초조한 시간을 보낸 것인가. 나의 두 가방도 나하고 같이 이 비행기를 탔겠지. 가방들도 나와 같은 운명을 겪었을까? 가방 안의 고구마 케이크는 제 모양을 유지하고 있을까? 정말 촌년 식겁한 하루였구나.

인천국제공항이 개항한 지 얼마 안 되어 별로 복잡하지도 않았고, 세계적으로도 휴대전화 사용이 일반화되지 않았던 시절, 출·도착 편수 기준으로 세계에서 제일 크고 복잡하다는 애틀랜타 공항에서 겪은 일이다.

키 크고 노래 잘하는 여인

나는 다른 사람을 별로 부러워하지 않는 편이다. 예쁜 여자를 보면 그저 좀 잘났나보다, 총명한 여자를 보면 그 저 남보다 머리가 좀 좋은가보다 생각할 뿐, 부럽다는 마 음은 좀처럼 들지 않는다. 그런 내가 유별나게 부러워하 는 사람이 있다. 키 크고 노래 잘 부르는 여자다. 키에 대 해서는 오래전에 이미 마음을 접었지만 노래에 대해서 는 아직도 미련이 많다. 듣기로 말하면 바흐에서부터 임 영웅에 이르기까지 폭넓게 음악을 즐기는 편이지만, 막 상 입을 열어 노래를 부르려면 어느 곡 하나 비슷하게 부 를 줄 아는 게 없다. 내게는 노래 한 곡 부르는 게 아랍어 공부만큼이나 어렵다. 돌이켜보면 나의 흑역사는 노래와

연관된 것이 많은 것 같다.

어린 시절에 하던 줄넘기 놀이가 생각난다. '또옥 똑! 누구십니까? ○○입니다. 들어오세요. 들어갑니다.' 박자를 맞추어 살짝 가볍게 줄 안으로 뛰어들어가야 하는데, 나는 늘 박자를 놓쳐서 내가 줄 안으로 들어가려고 하면 굵은 밧줄이 철커덕 얼굴을 때리기 일쑤였다. 여자아이들이 줄넘기 놀이를 할 때 나는 사내아이들과 어울려 말타기 놀이를 하던 기억이 난다.

시골 초등학교에서 서울로 전학을 왔을 때였다. 담임선생님이 내 성적표를 흔들어 보이시며 반 학생들에게 말씀하셨다. "공부를 대단히 잘하는 학생이 우리 반으로 전학을 왔어요. 달리기와 노래 부르기를 제외한 전 과목에 '수'를 받았네요." 학생들은 모두 박수를 치며 '노래해!'를 외쳤다. 나는 〈고향의 봄〉을 불렀다. 이럴 줄 알고 몇 날 며칠을 연습한 노래였지만 내 노래는 친구들의 기대와는 거리가 한참 멀었던 것 같다. 요 몇 년 전에 그때 한 반이었던 친구와 만나서 우연히 그날 일을 얘기하는 중에 "공부는 잘하는지 몰라도 노래는 별로로구나!" 생각

했다는 말에 배꼽을 잡고 웃었다.

지금은 다행히 없어졌지만, 예전에는 대학 졸업할 때 사은회라는 걸 했다. 모든 교수가 학생들 앞에서 한 곡조를 빼야만 하는 자리였다. 일 년에 딱 한 번 노래 때문에 곤욕을 치르는 날이기도 했다. 걸그룹 와일드 캣츠가 히트곡을 내던 시절이었다. 그들이 시원하게 불러대는 〈마음 약해서〉가 참 좋았다. 나도 부를 수 있을 것만 같았다. 돌아오는 사은회 때는 이 노래를 한번 제대로 불러보리라 단단히 마음을 먹었다. 추적추적 가을비가 내리는 날이었다. 마침 강의가 없는 날이어서 나는 카세트를 돌려가며 연습에 연습을 거듭했다.

"마음 약해서 잡지 못했네/ 돌아서는 그 사람/ 혼자 남으니 쓸쓸하네요/ 내 마음 허전하네요/ 생각하면 그 얼마나 정다웠던가/ 나 혼자서 길을 가면 눈앞을 가려/ 뜨거운 눈물이 흘러내리네/ 마음 약해서 마음 약해서 나는 너를 잡지 못했네."

오후 내내 이 한 곡을 부르고 또 불렀다. 무엇이든 붙들면 끈질기게 해내는 버릇 때문이었을 거다. 그러나 이

끈질김도 노래에는 전혀 먹혀들지 않아서 박자가 맞으면 음정이 틀리고, 어쩌다 음정을 맞추면 박자를 놓치는 식으로 내가 들어도 참 한심하기만 했다. 도우미 아주머니가 집에 갈 시간이라며 주섬주섬 옷을 챙기며 물었다. "교수님! 노래가 그렇게도 안 되세요? 제가 한번 불러볼까요?" 내가 미처 뭐라고 대답도 하기 전에 아주머니는 힘도 안 들이고 아무렇지도 않게 이 노래를 가수처럼 뽑아내는 거였다.

카이로에서 한 반년 지내던 시절에는 마아디에 있는 한인교회에 출석했다. 성가대를 지휘하는 분이 바로 나의 로망인 키 크고 노래 잘하는 여인이었다. 카이로 부활절 연합예배에 우리 교회 성가대가 특별 찬송을 하기로 되었다며 성가대가 아니더라도 원하는 사람은 참여하라고 했다. 나는 용기를 내어 집사님께 가서, 노래는 잘 못하지만 꼭 참여하고 싶다고 간청했다. 그분은 흔쾌히 나를 받아주었다. 카이로 아메리칸대학교에서 강의를 들을 때, 강의 내용을 녹음해서 집에서 반복해서 듣곤 하던 시절이었다. 성가 연습도 녹음해 와서 집에서도 듣고 또 들었다. 족히 한 달은 그렇게 했을 것이다. 드디어 그날이 왔다. 대사관에서 봉고차 하나를 내주어 카이로 기독교인 부활절 연합예배가 열리는 교회에 도착했다. 예배가 시작되려면 아직 시간이 많이 남아 있었다. 우리는 다시 봉고차로 돌아가서 마지막으로 화음을 맞춰보았다. 그런데 아뿔싸! 이게 웬일인가? 나는 내 소프라노 파트를 잊어버리고 옆에 계신 테너를 따라 부르고 있는 게 아닌가! 어쨌든 무사히 찬양을 마쳤다. 옆 사람을 따라 했는지 내가 맡은 파트를 제대로 불렀는지 아무 생각도 나지 않았다. 그저 감격과 감사로 눈물과 콧물이 뒤범벅이 되었다.

얼마 전에 찰스 램의 수필 〈귀에 대한 이야기〉를 읽다가 이런 구절을 만났다.

"나는 정서적으로 화음을 동경하게끔 되어 있다고 생각한다. 그러나 타고 난 기관은 노래를 부르기에 적합하지 못하다. 나는 평생을 두고 '하나님이시여, 국왕을 보살펴 소서'라는 노래를 연습해왔다. 아무도 없는 구석에서 휘파람도 불고 콧노래도 자꾸 흥얼거려 보았지만, 아직은 제대로 부를 정도에 이르지 못했다고 사람들이 그러는 것이다."

찰스 램 선생에게 악수를 청하고 싶다!

태국 이야기

세상에서 가장 행복한 얼굴

젊은 시절에는 예쁜 얼굴, 고운 얼굴, 잘생긴 얼굴에 호감이 갔다. 하지만 나이들어가면서는 점점 편안한 얼굴이 좋아진다. 예쁘긴 하지만 어딘가 성깔이 있어 보여, 보는 이를 긴장시키는 그런 얼굴보다는 좀 덜 생긴 듯해도 여유가 있어 보이고, 무슨 말이라도 붙여 보고 싶은 유순한 얼굴이 좋다. 그리고 생김새 자체보다도 그 얼굴이 빚어내는 표정이나 분위기가 더 크게 마음에 와닿는다. 우리가 우리의 얼굴은 선택할 수 없어도 표정은 우리 마음대로 선택할 수 있지 않을까! 꽤 오래전부터 사람들의 얼굴 생김생김보다는 그들이 평소에 짓는 표정에 더 많은 관심을 갖게 되었다.

A가 내 앞에 걸어오고 있다. 무엇이 그렇게 불만인지 온통 찌푸린 얼굴이다. 아직 나를 못 본 모양이다. 나를 알아보고 나서야 얼굴을 편다. 완전히 다른 얼굴이 된다. B가 내 앞에 걸어오고 있다. 이 세상에 대해서 더 이상 아무런 관심이 없다는 듯, 생기라곤 찾아볼 수 없는 심드렁한 얼굴이다. 가까이 다가와 나를 알아보자 웃음을 지어 보인다. 5년은 젊어 보인다. C가 내 앞에 걸어오고 있다. 이 나이에 남편이랑 죽기 살기로 일전이라도 벌였나? 굳은 표정에 깊은 주름이 더 선명해 보인다. 아무개야! 내 목소리를 알아채고는 표정을 바꾼다. 어려서의 그 귀엽던 얼굴이 되살아난다.

삶이 고단하고 무겁다 보니 환한 얼굴, 밝은 표정으로 사는 사람이 그리 많지 않다. 나이가 들수록 더 그런 것 같다. 이 세상에 대하여 고마워하는 얼굴, 그저 감사로 넘치는 행복한 얼굴은 만나기가 참 어렵다. 사람들 대부분이 반가운 이를 만나게 되면 그제야 마음을 지어먹고 행복해 보이는 얼굴을 연출할 뿐인 것 같다. 얼굴을 찌푸린다고 해서 상황이 펴지는 건 아닌데 참 안타까운 일이 아닐 수 없다. 아무도 나를 보고 있지 않다고 느끼는 순간에 내가 만드는 얼굴, 그 표정. 그것이 진짜 내 얼굴이 아닐까? 그 누구도 의식하지 않고, 혼자 그저 무심히 흘려보내는 순간의 내 얼굴. 그 표정이 밝고 맑고 생기있고 행복했으면 좋겠다. 그것이 진짜 나일 테니까 말이다.

몇 년 전, 태국의 소읍을 방문하여 자그마한 호텔에서 아침을 맞이할 때였다. 눈을 뜨자마자 버릇처럼 나는 유리창 너머 정원을 살펴보았다. 한 중년의 남자가 꽃과 나무에 물을 대고 있다. 아마 이 호텔의 정원사인가 보다. 허름한 옷차림에 분명 잘 생겼다고 우길 수 있는 얼굴은 아니다. 태국 원주민의 펑퍼짐하고 검은 얼굴에 가깝다. 그러나 나무의 물을 주는 그의 표정은 무어라 말할 수 없는 환희로 빛나고 있다. 한 그루 한 그루 돌아가며 물을 주면서 그는 나무와 인사 나누고, 나무의 안부를 묻고, 나무가 오늘 하루를 살기에 충분한 축복의 말을 전해주는 것 같다. 그렇지 않고서야 저런 기쁨에 찬 표정이 나올 리가 없지 않은가! 어떤 나무 앞에서는 더 오래 머물며 긴 대화를 나누는 것도 같다. 아마도 오랜 병에 시달리다가 이 정원사의 사랑 덕에 가까스로 살아난 나무인지도 모르겠다, 나는 그의 얼굴에서 시선을 떼지 못한다. 그는 누군가가 어느 창 너머로 자신을 훔쳐보고 있는 걸 알지 못한다. 그저 기쁜 마음으로 자기의 아침 일과를 시작하고 있을 뿐이다. 세상에서 가장 행복한 얼굴로!

의술을 넘어 인술로

코로나가 터지기 직전인 2018년 12월이었다. 겨울을 지내려고 우리가 태국에 온 지 불과 며칠 안 되어서 60년 넘게 단짝으로 지내던 친구가 갑자기 세상을 떠났다는 소식을 받았다. 심장마비란다. 태국으로 떠나기 전에 친구는 만나자는 전화를 꽤 여러 번 했다. 전해에는 두세 개밖에 달리지 않았던 감나무에 올해는 감 풍년이 들었다며, 감 좀 갖다 먹으라고 성화였다. 나는 여행 준비다

뭐다 너무 바빠서, 태국에서 돌아온 다음에 만나자고, 몇 개만 남겨 놓으라고 했는데! 그랬던 내 단짝 친구가 그렇게 떠나가다니! 인생이 이런 것인가! 나는 잠을 잘 수도, 음식을 먹을 수도 없었다. 갑자기 가슴이 끊어지는 듯 아프기 시작했다. 삼우제가 끝난 날 그 친구 가족들과 통화를 한 뒤부터는 통증이 더 심해졌다.

가슴에 심상찮은 통증이 며칠이나 계속되자 더럭 겁이 났다. 나도 친구처럼 심장마비가 오려나? 이 골프장의 고문으로 있는 분에게 도움을 청했다. 그분은 태국 공군의 4성 장군으로 퇴역한 후 부부가 여러 번 한국을 다녀갔다. 오실 때마다 의례 우리 집에서 지내다 보니 우리는 어느새 형제 같은 사이가 되어 있었다.

이른 아침 남편과 함께 골프장에서 마련해준 차를 타고 인근 도시에 있는 공군병원을 향해 떠났다. 골프장을 나오는 심정이 몹시도 서글펐다. "내가 살아서 다시 이곳을 올 수 있을까?" 하는 비감마저 들었다. 두 시간 넘게 달려 도착한 병원. 그런데 분위기가 좀 이상하다. 공군병원이 아닌 것 같다. 아무리 둘러보아도 먼저 와서 기다리기로 한 장군님이 보이지 않는다. 건물도 허술하기 짝이 없고, 남루해 보이는 환자들은 그야말로 인산인해를 이루고 앉아 차례를 기다리고 있었다. 병이 낫기는커녕 병을 더 얻어 갈 것만 같은 오만한 생각도 들었다. 남편은 장군을 찾아보려고 왔다 갔다 하고, 나는 상황 판단이 안되어 어릿어릿하고 있는 사이에 응급실인 듯한 곳으로 안내되어, 의사 앞까지 오게 되었다. 엊그제 의과대학을 나온 듯 무척이나 어려 보였다. 나는 지난 며칠간의 증상을 정리한 메모장을 내밀었다. 우리나 태국인이나 피차에 영어 회화가 서투니까 이렇게 미리 영어로 상태를 정리해 오는 게 나을 거라는 생각이 들었던 거다. 메모를 읽은 그 애송이 의사는 곧 심전도를 해보더니, 단정적인 어조로 "당신은 심장에 문제가 있는 게 아니고 소화기 계통에 문제가 있어요"라며 처방전을 써주는 게 아닌가!

그때 남편이 상기된 얼굴로 내게로 뛰어들어오면서 말했다. "여보, 여긴 공군병원이 아니고 도립병원이래! 빨리 그리로 가자고." 아뿔싸! 이럴 수가! 의사에게 사정을 이야기하자, 현지 전화기가 없는 우리를 위해 그는 자기 전화기로 공군병원에서 우리를 기다리고 있는 장군에게 연락해주고, 병원 방송으로 우리를 태워 온 기사를 불러주었다. 심장에는 아무 문제가 없으니 자기가 처방한 약을 먹으면 되니까 걱정하지 말고 편히 앉아 기사가 올 때까지 쉬라며, 바람이 잘 통하는 곳으로 내가 앉을 의자를 옮겨주기까지 했다. 의사에게서 이런 친절한 대우와 배려를 받아본 것은 난생처음 있는 일이었다. 병원 약국에서 2주 치의 식도염 약까지 받고, 우리가 병원에 낸 돈은 놀랍게도 한화로 8천 원 남짓이었다.

기사는 '쏘리'를 연발하며 한 20분 정도 떨어진 공군병원으로 우리를 데려다주었다. 공군병원에서는 운동부하 검사까지 받았는데, 검사대 위에서 내가 너무 잘 뛰니까 의사 선생님과 간호사들이 박수까지 쳐주며 자기들 일인 양 좋아들 했다. 한국 병원에서는 상상도 할 수 없는 광경이었다. 심장은 괜찮고 식도염 같다는 진단을 받고, 돌아오는 길에도 기사는 계속 '쏘리'를 연발했다. 자신이 다른 병원을 찾아오는 실수를 한 덕분에 내가 얼마나 값진 경험을 하게 되었는지 전혀 알 턱이 없는 그는 민망할 정도로 우리에게 미안해하는 것이었다.

20년 전에 태국에서 대장암 수술을 받은 친구에게서 "암 수술 후에 첫 식사를 하게 되었을 때, 주치의가 직접 나가서 음식을 사다 주더라"라는 말을 들은 적이 있다. 그때 나는 내색은 안 했어도 그의 말을 온전히 믿기가 어려웠다. 이제는 그 말에 온전히 믿음이 간다. 태국이 싱가포르와 더불어 동남아 의료관광의 허브가 될 수 있었던 것도 환자를 가족처럼 배려하는 이런 의료진들의 힘이 아닐까 하는 생각이 든다. 이번 일로 나는 태국 사람들을 더욱 사랑하고 존중하게 되었다. 감사한 일이다.

백로들의 귀가

은퇴한 이후로 10여 년을 우리 부부는 한 해의 절반 이상을 태국의 골프장에서 보냈다. 골프를 무척이나 좋아하는 남편의 선택이었지만 나 역시 싫지 않았다. 운동도 운동이지만, 갈수록 부담이 되는 가사 노동에서 완전히 벗어나, 책을 읽고 음악을 듣는 등 나만의 시간을 가질 수 있었기 때문이다. 그리고 태국에서 몇 달을 지내다 한국에 돌아오면 은행 통장의 잔액도 좀 늘어나는 것 같았다. 태국의 생활비가 상대적으로 저렴한 까닭이다.

그렇게 지내오다가 코로나 사태로 태국을 방문할 수 없게 되자 여간 답답한 게 아니었다. 살인적인 골프 비용 때문에 국내에서의 라운딩은 큰 부담이 되었고 따라서 즐거움도 덜 했다. 이 때문에 2년 반 만의 태국행은 해방감조차 느끼는, 그 어느 때보다 신나는 여정이 되었다.

코로나 여파로 태국의 골프장들도 많은 어려움과 변화를 겪었고, 10년을 단골로 다니던 콰이강 근처의 골프장은 여러 사정으로 문을 닫고 말았다. 그야말로 지구상에서 가성비 최고의 골프장이라고 한국 사람들이 많이 좋아했고, 제2의 고향이라고까지 말하는 분들도 많았는데…… 안타까운 심정으로 우리는 다른 골프장을 물색할 수밖에 없었다. 석 달이나 체류할 예정이라, 생판 안 가 본 곳으로 가는 것도 부담스러워서 아주 오래전에 한번 갔던, 카오야이(큰 산) 국립공원 안에 있는 로이얼 힐

즈라는 곳으로 오게 되었다.

　카오야이 국립공원은 태국 동북부 4개 주에 걸쳐 있는, 이 지역에서는 제일 큰 국립공원이다. 1962년에 태국 최초의 국립공원이 되었고, 2005년에는 유네스코 세계 자연유산으로 지정되었다고 한다. 이곳은 가까이에 검푸른 산 능선이 겹겹이 이어지고, 제일 높다고 알려진 해발 1,351미터의 롬산이 그리 멀지 않아 보이는 청정 지역이다. 골프장뿐만 아니라 4성급 호텔과 수영장 등 여러 위락 시설을 고루 갖추고 있어 그야말로 힐링하기에 안성맞춤인 곳 같다.

　세계 곳곳을 두루 돌아보았다고 할 수는 없지만, 여행을 좋아해서 제법 많은 나라를 다녀 보았다. 가는 곳마다 나는 그 지역에 사는 새들에게 관심이 많다. 새가 잘 안 보이는 지역은 왠지 삭막하고 정이 가지 않는다. 먹이가 풍부해서 그런지 태국은 어디를 가도 새 떼가 많다. 지역마다 많이 사는 새들의 종류도 다양하다. 그전에 다니던 골프장에도 새들이 많았다. 두 편으로 나뉘어 물고 뜯으며 격렬하게 편싸움하는 새들, 보초 하나를 세워 놓고 열

댓 마리가 낮잠을 즐기는 산비둘기들도 보았다. 우리의 사랑을 독차지한 새는 머리에 멋진 관을 쓴 후투티였다. 후투티가 어느 홀에 있었는지, 몇 마리나 되었는지, 울음소리는 어땠는지, 어떤 모습으로 있었는지가 늘 우리 부부의 관심사였다. 그런데 이곳에서는 후투티가 잘 보이지 않아 섭섭하다. 대신 이곳에는 현지인들이 녹까양, 즉 흰 새라고 부르는 백로가 대세다.

저 너머 어딘가에 백로들의 서식지가 있는 모양이다. 동틀 무렵이면 백로들이 골프장으로 날아온다. 백로들의 아침 출근이다. 여간 부지런하지 않고서는 백로들의 출근 모습을 보기는 어렵다. 어둠이 채 가시지 않은 잿빛 하늘을 줄지어 날아오는 백로 떼들! 내 눈에 보이는 녀석들만도 줄잡아 60, 70마리는 되는 것 같다. 정말 장관이다. 비가 오는 새벽에도 이들은 출근을 늦추지 않는 것 같다. 출근하는 백로들을 보려고 서둘러 나가보면, 애들은 벌써 모여 앉아 아침상을 받고 있을 때가 많다. 그러고는 여러 마리가 함께, 또는 한두 마리씩 따로 떨어져 하루의 일과를 시작한다. 울음은커녕 결코 소리를 내는 법이 없는데 무엇으로 저희끼리 의사소통을 하는지 무척 궁금하다. 무슨 원탁회의라도 하는지 한 나무에 수십 마리나 되는 백로들이 옹기종기 앉아 있는 모습은 푸른 나무 가득히 흰 꽃들이 피어난 듯 쉽게 만날 수 없는 신선한 아름다움이다.

요즈음은 우기라서 비가 오는 날이 많다. 늦은 오후에 비가 억수로 쏟아지고 나면 언제 비가 왔냐는 듯 반짝 햇빛이 찬란하다. 석양의 노란 햇살을 즐기며 녹색의 필드에 모여 앉아 오늘의 마지막 식사를 나누는 백로들을 지켜보는 즐거움이 크다. 연두색과 백색이야말로 최상의 배색임을 새삼 느끼게 된다. 날이 서서히 저물기 시작하면 백로들의 귀가가 시작된다. 아침에 왔던 방향으로 떼를 지어 돌아간다. 어떤 놈들은 가는 척하다가 다시 되돌아와 필드에 내려앉아 코를 박고 좀더 배를 채우기도 하고, 날아가다 말고 무리에서 이탈해 단둘이 나무 사이로 숨어버리는 놈들도 있다. 사랑에 빠진 애들이 분명하다. 먹이에 정신을 팔다가 동무들을 놓친 새들은 애처로울 만큼 바쁘게 날갯짓을 하며 무리를 따라가기 바쁘다. 어두워지도록 귀가하지 않고 필드에 남아 있는 백로는 찾아볼 수 없다.

백로들의 귀가가 끝나면 필드에는 어둠이 짙게 깔리기 시작한다. 잿빛으로 변한 텅 빈 필드를 바라보며, 나는 나의 귀가를 생각한다. 저 하늘, 내 본향, 내 아버지 집으로의 귀가! 나의 귀가도 백로들의 그것처럼 정겹고 아름답길 소망한다.

말은 안 통해도 마음은 통해

방콕 공항에서 택시로 두 시간을 달려와 로이얼 힐즈에 도착했다. 11년 만이다. "파이에게 전화를 해봐야지!" 짐 정리를 마쳤을 때, 나와 남편의 입에서 동시에 나온 말이다. 그동안 번호가 바뀌진 않았을까? 우리를 기억하고 반갑게 받아줄까? 일단 전화를 해보기로 했다. 신호음이 간다. 띠 띠 띠 몇 번 울리자 금방 받는다. 남편이 "헬로우 까올리(한국인) 킴! 티니(여기) 로이얼 힐즈!" 하자 목소리를 알아챈 파이가 반가워서 어쩔 줄 모르며 뭐라 뭐라 태국말을 쏟아 놓는다. 전화로 더 이상 대화를 이어갈 수는 없다. 우리는 태국어를 몇 마디밖에 못하고, 파이는 영어가 안 되니 통화는 이렇게 싱겁게 끝났다. 어쨌든 우리가 이곳에 왔다는 건 알린 셈이다.

며칠 뒤 저녁나절에 과일을 한 아름 안고 호텔로 파이가 찾아왔다. 남편과 함께였다. 우린 반가움에 얼싸안았다. 공연히 눈물이 났다. 지난 10년 동안 너무 보고 싶었단다. 비행기 소리를 들으면 우리 생각에 가슴이 아팠다며, 왜 그렇게 안 왔느냐고 원망이 서린 목소리다. 그동안 파이는 몸이 비정상적으로 불어나 있었다. 올해로 쉰 살이 넘었고, 이제 골프장 캐디는 못 하고 댐 근처에서 나무 베는 일을 한다고 한다. 태국도 혼자 벌어서는 먹고 살기가 어려운 모양이다. 전화로는 불가능했던 보디랭귀지에다가 영어, 태국어, 한국어가 서로 합작해서 그럭저럭 소통되었다. 좀더 싸고 가성비가 높은 골프장을 찾아다니느라 여기에는 오지 못했다는 걸 이해시킬 수는 없었지만, 아직 살아있고 그런대로 건강하다는 사실을 서로가 확인한 것만으로도 반갑고 즐거운 해후였다. 그 뒤로도 몇 번을 파이는 우리를 보러 왔다.

우리가 이 골프장에서 한 해 겨울을 보낸 건 정확히 11년 전이다. 파이는 우리 골프 가방을 끌고, 오늘은 내가, 내일은 남편이 교대로 골프를 치며 셋이서 매일 18홀을 걸었다. 걷지 않고 카트를 탔다면 그렇게까지 정이 들지는 않았을 것 같다. 원래 남을 배려하는 데 특별한 은사를 가진 우리 남편은 언덕을 오를 때는 어김없이 거들어 주고, 그린이 좀 높은 곳에 있으면 아예 올라오지 말라며 파이를 아껴주었다. 한 번은 본인은 이 골프장에서 열리는 큰 게임에 캐디로 뛴다면서 방학 중인 딸을 대신해 우리 캐디로 데려오기도 했다. 그만큼 파이는 우리에게 허물이 없었다. 파이와 함께 동네 시장을 기웃거려 보기도 하고, 파이가 몰고 온 동생네 아이들과 동네 조무래기들에게 국수를 사 먹이기도 하고…… 이렇게 석 달을 지내다 보니 어느새 우리는 서로 마음이 통하는 사이가 되어 있었다. 말이 잘 통하면 말할 나위 없이 좋은 일이지만, 말은 통하지 않아도 뜻이 통하고 마음이 통할 수 있다는 것을 우리는 파이를 통해 절실히 깨달았다. 참 좋은 일이다.

생쥐야! 컵쿤카!

우리 부부는 태국을 참 좋아한다. 남의 나라에 가서 몇 달씩 산다는 게 그리 쉬운 일은 아닌데, 태국에서는 그게 별로 어렵지 않다. 여기서는 한국 화폐도 상당히 경쟁력이 있는 것 같다. 음식도 맛있고 저렴하다. 사람들은 대부분 친절하고 잘 웃고 상냥하다. 태국을 칭하는 '타이'라는 말이 '자유로운 나라'라는 뜻이고, 태국은 '미소의 나라'라는 걸 어디선가 읽은 기억이 난다. 허리를 살짝, 고개도 살짝 숙이며 가슴이나 코 밑에 두 손을 합장해 인사하는, 태국 사람들의 독특한 인사법인 '와이'는 세계 어디에서도 볼 수 없는 정겨운 인사법이다. 성조(聲調)도 맞지 않는 서툰 태국어 몇 마디, 그리고 참한 '와이'만으로도 곧 친근한 사이가 된다. 사람들은 여유가 있어 보인다. 하기야 늘어지게 낮잠을 자고 있어도, 뒤 뜨락에는 바나나와 파파야와 망고가 익어가고 있으니 우리처럼 그렇게 각박할 필요가 없을지도 모르겠다.

이곳에 오고 얼마 안 되어 이른 새벽에 라운딩을 나갔는데, 산 쪽에서 이상한 소리가 들려왔다. 코끼리 울음소리라고 캐디가 알려주었다. 밤새 코끼리가 골프장에 내려왔다 간 흔적도 보였다. 산 바로 아래 위치한 티 박스 근처에서, 큰 발자국을 여기저기 내가며 마음껏 신나게 놀다 간 모양이다. 레이디 티 박스 옆에서 논 것으로 보아 호기심 많은 소녀 코끼리였을 것 같다. 그런데 몇 무더기나 되는 똥을 싸 놓고 간 걸 보면 부끄러움을 모르는 총각 코끼리였는지도 모르겠다. 그 후로도 종종 밤새 코끼리가 놀다간 흔적이 보인다. 페어웨이를 쑥대밭으로 만들지 않고 카트 길 뒤의 숲과 러프에서 놀다가는 걸 보면 코끼리도 나름대로 소견이 있는 것 같다. 올해로 17년째 태국 골프장을 다녔지만, 이렇게 밤에 산에서 코끼리가 내려와 놀고 가는 데는 처음이다. 캐디 말로는 저 산에 코끼리 가족 여섯 마리가 산다고 한다. (내가 제대로 알아들었는지 자신은 없다.)

여기 골프장은 물이 잘 안 빠져 비가 오면 무척 질척거려서 골프 치기에는 별로 좋지 않다. 한국 골퍼들이 우기에는 이곳에 전혀 오지 않는 이유다. 가끔 태국 PGA 경기가 열리긴 해도 골프장은 늘 한산한 편이다. 우리는 날씨가 좋을 때만 가끔 골프를 치고, 아침저녁으로 산책을 한다. 산책하면서 우리가 하는 일이 있다. 바로 쓰레기 줍기다.

처음부터 우리가 대대적으로 쓰레기 줍기에 나서려고 했던 것은 아니다. 산책 때마다 필드 곳곳에 널려 있는 빈 물병 등이 눈에 거슬렸고, 이렇게 아름다운 자연경관에 저런 쓰레기들을 그냥 놓아두는 게 속이 상하기도 했다. 그래서 눈에 보이는 대로 쓰레기를 줍다 보니 나름대로 재미도 있고 어떤 목표를 가지고 걷는 것도 좋았다. 벌써 두 달이 넘다 보니 쓰레기 줍기는 우리의 아침저녁 산책에서 빼놓을 수 없는 일과가 되었다. 아직도 코로나를 염려하지 않을 수 없어서 아침에 뷔페로 식사할 때 비닐장갑을 끼는데, 이 비닐장갑과 식당 언니들에게 얻은 비닐봉지를 들고 산책길에 나선다.

물을 마시고 버린 빈 페트병, 드링크제를 마시고 버린 작은 유리병, 음식을 먹고 버린 비닐봉지와 플라스틱 그릇, 쓰다 버린 마스크, 사탕이나 초콜릿 껍데기……. 큰 나무 아래는 언제 적 것인지 알 수 없을 정도로 오래된 비닐 쓰레기들이 많다. 계속 비가 오니까 땅이 물러져 흙 밖으로 나와 있는 경우가 많다. "적폐 청산은 바로 이런 거지!" 남편의 말이다. 적폐뿐 아니라 구폐, 신폐 참 많기도 하다. 며칠 전에 깨끗이 정리했던 곳에도 가 보면 또 치울 게 있다. "우린 일감 떨어질 걱정은 없네!" 나의 맞장구다. 가끔은 개미들의 습격을 받아 난리를 치르기도 하지만 점점 청결해지는 필드를 보면 보람을 느낀다. 이젠 캐디들이나 작업자들이나 골퍼들도 전처럼 아무 데나 마구 버리지는 않게 된 것 같기도 하다.

우리가 이렇게 나무 주위를 뒤져, 잘 보이지 않는 쓰레기까지 찾아내서 치울 수 있는 것은 이 골프장 어디에도 쥐새끼나 뱀이 없기에 가능한 일이다. 나는 이 세상에서 쥐하고 뱀이 제일 무섭고 싫다. 이 넓은 골프장에 어떻게 뱀 한 마리, 쥐새끼 한 마리가 없을까? 나는 그게 늘 신기했다. 남편에게도 여러 번 경탄의 말을 했던 것 같다. 그런데 너무도 이상한 일이 일어났다. 우리 방에 쥐가 들어온 거다.

"생쥐가 들어온 것 같아."

새벽에 화장실을 다녀오던 남편의 말에 나는 화들짝 놀라 자리를 박차고 일어났다. 두 달 넘게 골프장을 샅샅이 뒤지다시피 다니면서도 한 번도 마주친 적이 없는 쥐가 우리 방에 있다니! 쥐 수색이 시작되었다. 숨을 만한 곳을 다 뒤져도 생쥐는 발견되지 않았다. "당신이 잘못 본 거야! 쥐는 무슨 쥐! 아침이나 먹으러 갑시다." 하며 화장대에 놓여 있던 작은 손가방을 집어 드는 순간! 나는 그 안에 뭔가 이상한 생명체가 있음을 감지했다. 제대로 보았다기보다는 그냥 느낌이었을 뿐이지만, 그건 분명 생쥐의 등줄기였다. 쥐색의 고운 털이 보송보송한 작은 물체! 그건 조지 오웰의 《1984》에 나오는 식인쥐, 큰 덩치에 맹수를 닮은 날카로운 이빨로 사람을 눈알에서부터 빼먹는다는 그런 쥐와는 너무도 거리가 먼, 작고 어린 생명체였지만 분명 쥐는 쥐였다. 나는 놀라서 손가방을 떨어뜨리듯 내려놓았고, 남편이 잽싸게 잡아채 가지고 방밖으로 달려나갔다. 남편은 너무도 작고 어려서 차마 죽일 수가 없어서 멀리 가서 놓아주었다고 했다. 이 넓은 골프장과 호텔 어디에서도 한 번도 보지 못한 쥐가 어떻게 우리 방에? 더구나 내 손가방 안에? 우리 방은 5층짜리 호텔 건물의 1층, 그것도 복도의 맨 끝방이다. 곧 화단과 작은 연못으로 이어진다. 문을 열어놓고 청소를 하는 동안에 들어온 것 같다.

그 후 며칠을 나는 나를 찾아왔던 그 생쥐 생각을 떨쳐버릴 수가 없었다. 그는 분명 내게 무언가를 말해주기 위해 나에게 왔던 게 아닐까? 내가 그동안 '내 눈에 안 보이면 그건 없는 것'이라고 단정지어버리는 우매함 속에 살아온 것은 아닐까? 그 우매함을 깨우쳐주려고 내게 온 것은 아니었을까? 생쥐야! 내 비록 재주 없어, 영국 시인 로버트 번즈처럼 〈To a Mouse〉를 지어 네게 바치지는 못한다 해도 너를 잊지 않겠다. 나에게 주고 간 너의 메시지를 놓치지 않겠다. 생쥐야! 컴쿤카! 고맙다!

나의 행복론

행복! 행복! 우리는 모두 행복하기를 원한다. 그러나 정작 행복이 무엇인가 묻는다면 그 답은 쉽지 않을 것 같다. 대부분의 사람들은 행복의 조건을 행복 자체로 오해하기도 한다. 그러나 행복을 제공할 만한 온갖 조건을 다 갖추고도 불행해 하는 사람들이 많은 걸 보면 행복의 조건이 행복 자체는 아닌 게 틀림없다. 어떤 이는 고통의 완벽한 부재 상태가 행복이라고 믿어버리기도 한다. 그러나 행복 속에도 때로 고통은 있고 고통의 갈피갈피에 오롯한 행복이 깃들기도 하지 않던가! 행복이 어떻게 생겼는지, 그 참모습은 어떠한지 내 삶을 통해 밝혀보았으면 한다.

평생 자신이 좋아하는 일을 하며 밥벌이할 수 있다면 그것이 최상의 행복이라고 나는 믿는다. 내가 즐거워하는 일을 하며 살 수 있었던 것이야말로 축복이요, 내 삶의 전부를 행복으로 가득 채운 결정적인 요인이었던 것 같다. 내게는 제일 좋아하는 일이 곧 가장 잘하는 일이었고, 그 일을 평생의 생업으로 가질 수 있었으니까 말이다.

나는 어렸을 때부터 가르치는 걸 좋아했다. 초등학교 5학년 때 경기도 촌구석에서 서울로 전학 왔는데, 몇 달 지나지 않아 담임선생님은 수업을 따라오지 못하는 학생들을 방과 후에 모아 놓고 가르치는 일을 내게 맡기셨다. 그뿐만 아니라 수업 중에 학생들이 선생님의 설명을 잘 이해하지 못하면, 종종 "경숙아, 네가 나와서 설명해 봐!" 하셨고, 내 설명은 곧잘 다른 친구들의 이해에 도움을 주곤 했다. 아마도 요즘 말하는 눈높이 학습 방법이었으리라. 그때 내가 도와주었던 친구들 가운데 특별히 기억에 남는 친구가 있다. 그 애한테서는 늘 생선 비린내가 풍겼는데, 아이들의 말로는 그 애 어머니가 동대문시장에서 생선을 판다고 했다. 참, 지독하게도 말귀를 못 알

아들는 친구였는데……. 지금은 어디선가 후덕한 할머니로 잘 살아가고 있을 것이다. 5, 6학년 2년 동안 나를 키워주시고 내 특기를 발견하고 격려해주셨던 그 선생님과의 인연은 그분이 별세하실 때까지 계속 이어졌다. 찾아뵙기로 한 날, 아드님을 통해 오지 말라는 전갈을 보내셨고, 며칠 후에 부고를 받았다. (선생님! 천국에서 뵙겠습니다.)

대학과 대학원을 마치는 6년 동안은 줄곧 초등학교 학생들을 맡아 과외 지도를 했다. 학생들 성적이 쑥쑥 올랐기 때문에 이 팀에 들어오려고 대기하는 학생이 많았고 상당한 보수도 받을 수 있었다. 그리고 대학에서 근 40년 동안 교수 생활을 하면서도 늘 가르치는 일이 즐겁고 행복했다. 물론 연구하는 일에도 보람을 느꼈지만, 삶에 활력을 주고 기쁨을 주는 것은 역시 연구보다는 강의 쪽이었다. 그래서인지 논문은 얼마든지 쓰겠는데 강의는 죽어도 하기 싫다는 우리 동생이 이상하게 느껴지곤 했다.

누군가를 가르친다는 것은 지식의 전달뿐만 아니라 그 대상에게 관심을 갖고, 그를 바로 세워주고 싶은 사랑의 마음을 전제로 하는 일이다. 최선을 다해서 해낼 수만 있다면 이 세상에 교직만큼 좋은 직업이 없다고 나는 생각한다. 나는 다시 태어나도 아랍어 선생이 되고 싶다. 그래서 세계에서 제일 어렵다는 아랍어를 좀 더 쉽게 잘 가르쳐보고 싶다.

제일 좋아하고 동시에 제일 잘하는 일, 그런 일을 하면서 평생을 살아왔다는 게 얼마나 감사하고 복된 일인가! 내가 만약 제일 싫어하고 또한 제일 자신이 없는, 기계를 다루는 일을 직업으로 가져야 했다면 얼마나 힘들고 곤혹스러웠을까? 행복할 수도 성공할 수도 없었을 게 분명하다.

좋아하는 일을 하는 것이 내 삶 전체의 행복을 가져왔다면, 작지만 확실한 행복이라는 의미의 소확행(小確幸) 또한 무시할 수 없다. 기분으로 느끼는 즐거움과 순간의 행복 말이다. 무라카미 하루키의 수필 〈소확행〉이 한국에 소개된 이후 소확행이라는 말이 최근에 우리 사회에서 많이 회자된다고 한다. 어떤 글인가 궁금해서 이 작품이 실린 수필집 《코끼리 공장의 해피엔드》를 찾아 읽어

보았다. 두 쪽이 채 안 되는 짧은 글이었다. '서랍 안에 반듯하게 개켜 돌돌 말 깨끗한 팬츠가 잔뜩 쌓여 있다는 것', '면 냄새가 풍기는 하얀 러닝셔츠를 새로 꺼내 머리부터 꿸 때의 기분' 등 그야말로 소소한 일상의 즐거움이 주는 행복에 대해 말하고 있었다.

무라카미 하루키의 소확행은 그렇다 치고, 나의 소확행은 어떤 것이 있을까? 라디오에서 흘러나오는 귀에 익은 음악들, 그대로 따라 써먹어보고 싶을 만큼 질투 나는 멋진 문장들, 시멘트 블록 사이에서 삐져나오는 연두색 작은 잎새, 65년 전에 헤어진 동무들과의 해후, 태국의 골프장 숲속에서 지치지도 않고 울어대는 새들의 노래, 지난주보다 나아진 골프의 비거리, 쓸쓸한 거리에서 마주치는 젊은 엄마와 예쁜 아기, 한 해도 거르지 않고 예쁜 들꽃을 말려 정성스레 보내주는 친구의 생일 축하 카드……. 나의 소확행은 끝이 없다.

"행복에는 행복만 있는 것이 아니다"라는 누군가의 말대로 내 삶에도 많은 시련과 고통이 있었다. 그러나 내게는 어처구니없을 만큼 강한 긍정의 DNA가 있었다. 어둠의 터널 한복판에서도 나는 늘 터널 너머로 쏟아지는 찬란한 햇살을 꿈꿨다. "삶을 바라보는 인간의 방식은 그의 운명을 결정한다"는 알베르트 슈바이처의 말에 전적으로 동의하는 까닭이다.

행복한 삶도 물론 좋지만, 의미 있는 삶이야말로 행복에 깊이를 더하는 길이 아닐까 싶다. 나이들어 갈수록 삶의 의미가 중요한 명제가 되는 것 같다. 최근의 내 생활에서의 의미를 생각해본다. 현직에 있을 때보다 더 검박한 생활을 함으로써 약간의 경제적인 여유를 갖게 되고, 이로써 힘든 주변을 조금은 돌아보는 일이 가능하게 되었다. 이는 작지만 내게는 참 보람되고 의미 있는 일이다. 한 해의 절반을 태국 골프장에서 보내는데, 운동에만 시간을 쓰지 않고, 하루걸러 운동을 쉬면서 책을 읽고, 음악을 듣고, 열심히 말씀을 준비해서 골프장 교회의 성도들과 하나님 말씀을 나누는 일 또한 정말로 의미 있고 감사한 일이 아닐 수 없다. 시즌이 끝날 때면 우리를 위해 수고하시는 골프장 직원들을 모시고, 그동안 골프장 교회 예배에서 모은 헌금을 나눠 드린다. 성도들의 사랑과 하나님의 사랑을 전하는 뜻깊은 자리다. 큰 금액은 아니지만, 봉투를 받고 기뻐하는 그분들을 보면 우리도 참 기쁘고 행복하다. 그들은 어눌한 나의 몇 마디 태국어에도 웃음과 박수를 아끼지 않는다. 내 마음에도 감사가 넘친다. 감사 없는 행복이 어디 있겠는가! 행복은 감사를 먹고 자라지 않던가!

진정으로 행복한 삶이 되기 위해서는 의미뿐만 아니라 품격이 더해져야 할 것 같다. 내 얕은 소견으로는 인간이 품격을 갖기 위해서는 무엇보다 먼저 자기중심성을 극복하기 위해 노력해야 할 것 같다. 자기중심성이야말로 인간의 가장 큰 특징이고, 따라서 이를 극복한다는 것은 보통의 노력으로는 이루기 쉽지 않은 난제 중의 난제임이 분명하다. 나는 애써 '역지사지'를 실천함으로써 이 문제를 해결하려고 무척 노력해왔다. 그러나 그 성공 확률은 언제나 그다지 높지 않은 편이다.

막 전임교수가 되었던 시절로 기억된다. 나를 볼 때마다 "아이고, 우리 아기 교수님!" 하시면서 무척이나 아껴주시던 학촌 이범선 선생님이 내게 하셨던 말씀이 생각난다. "송 선생은 어떤 귀부인들 속에 갖다 놔도 손색이 없고, 달동네 아줌마들 틈에서도 그대로 어울릴 사람이야." 선생님의 이 말씀을 나는 '참말'이라고 믿었다. 누구에게 말한 적은 없지만, 내가 들은 일생 최고의 칭찬으로 생각하고, 내심 큰 자랑으로 여기고 살았다. 적어도 젊은 시절에는 그랬다. 그러나 나이들어 가고, 점차 나 자신을 조금씩 알아갈 무렵부터는, '아! 그게 아니었구나. 그 말씀은, 부디 그런 사람이 되어달라는 은사님의 간절한 당부였구나'라는 걸 깨닫게 되었다. 자기중심성을 극복하고 이타적 인간으로 성숙하려는 노력이야말로 남은 내 인생의 큰 숙제가 아닐 수 없다.

오늘도 의미 있고 품격 있는 삶을 통해 내 행복을 더욱 아름답게 가꿔 가리라 다짐해본다.